ラーメンカレー

滝口悠生

文藝春秋

目次

すぐに港へ 5
絶対大丈夫 21
黒米と大麻 41
スリランカロンドン 63
火の通り方 81
アッパとアンマのピリピリ・クッキング 107
窓目くんの手記1
ラーメンカレー 137
窓目くんの手記2
キスしてほしい 165
窓目くんの手記3
窓目くんの手記 185
窓目くんの手記4
レイニーブルー 209
窓目くんの手記5

装画　カチナツミ
装幀　大久保明子

ラーメンカレー

すぐに港へ

午後五時にフィウミチーノ空港を出たバスは、ローマ市内を抜け、広い直線道路に入ると、渋滞もなく単調な運転を続けた。スピードはそこそこ出ていた。高速道路みたいだったけれど、日本で言うそれと同じような道がイタリアにあるのか、私は知らなかった。隣の席にいた茜《あかね》ちゃんも、たぶん知らなかった。私たちはイタリアのことを全然知らない。座っていた進行方向左側の窓からは、沿道の畑と、その向こうに山が連なり、その山の向こうに日が落ちていった。東北道みたいだ、と私は思い、実際、バスは北上していた。目的地のペルージャに着くのは、時刻表の通りなら夜の八時半過ぎになる予定だった。

空港を出て、ローマ市街を走っていたあいだは、大きな聖堂がいくつも窓から見えた。古い映画で観たのと同じような荒い運転の自動車が気ぜわしく割り込みをしたり、何列も並んで渋滞しているのを眺めているのは、飽きなかった。せっかくローマに来たのにほとんど素通りすることになると思っていた街の様子を少しでも眺められて私はよろこんでいたが、茜ちゃんは窓の外などそっちのけで、バスが走りはじめるとすぐにノートパソコンを開き、バス内のフリーワイファイを使って仕事をはじめた。私もワイファイで、見えている聖堂の名前を調べたりした。

バスは日本の観光バスと同じくらいの広さで、座席はきれいでゆったりしていた。空調も快適だった。空港を出たときには乗客は私たち夫婦を入れて数人、最初の停留所のチブリチーナ駅でもう数人が乗ってきたが、それでも全部で十人足らずで、車内はがらがらだった。いろんなバスと乗降客でごちゃごちゃしていたチブリチーナの停留所を出ると、次第に窓の外の景色は郊外のものになった。次の停留所は、ピアン・ジ・ポルト、というところで、その読み方が合っているのかはわからない。さっきのチブリチーナも、チブリチーナじゃないかもしれない。英語だとうまく読めなかったり発音できないことに少々恥ずかしさを感じて、自信のない語を声にするのはおどおどした。イタリア語ははなからわからないので開き直って思うさま読んだ。ピアン・ジ・ポルトの停留所に着くのは、時刻表によれば八時で、およそ一時間半後だった。ということは、空いた車内の状態がこのまましばらく続くのだと思うと、私は心底ほっとして、ようやく緊張が少し緩んできた気がした。まだイタリアに着いてから、四時間くらいしか経っていない。私たちが降りるのは、ピアッツァ・パルティジャーニ、という停留所だ。

薄暮れの窓の外は、延々と続く畑で、その奥には山の連なりが空との境界をなしていた。山の向こうに落ちて行く濃い色の夕日と夕焼けがきれいだった。隣でかたかたキーを叩き続ける茜ちゃんにいくらか興を削がれて、一緒に景色を見てほしかったけれど、そしてつい二時間ほど前に受けたイタリアの洗礼みたいな出来事のショックを思い返しては落ち着きかけた心がまたざわつくのだったけれど、それでもともかく予定のバスに乗り込めたのだから、と思って、自分に言い聞かせては、何度も安堵した。ともかく行き先があって、ちゃんとそこへ向かうことができているのだから大丈夫だった。

ロンドンからローマは三時間ほどで、ほぼ定刻通りに飛行機はフィウミチーノ空港に着いた。バスの出発時間まではまだ二時間以上あったけれど、事前にいくらネットで調べても、バスのチケットをどこで買うのかがわからなかった。私たちは、その二時間のうちにペルージャまでのチケットを買い、バスの乗り場を探さなくてはならなかった。

夫の私の高校の同級生がイギリス人の男性と結婚して、友達らと連れ立ってロンドンまでやって来たのがもう一週間前のことだった。旅先だと一週間はあっという間だ。同級生の式に出たあと、みんなで何日かロンドンを見てまわったが、一緒に来た友達ふたりは今日の飛行機で日本に帰った。さっきヒースロー空港で別れてきた。私と茜ちゃんだけイタリアにやって来たのは、茜ちゃんの友達がペルージャで暮らしていて、こんな機会でもなければ来られないからと、思い切って組んだ旅程だった。

由里さんというその友達と茜ちゃんは、同じ専門学校に通っていた。ふたりは当時住んでいた家が近くて、近所の同じ居酒屋でアルバイトをするようになって、学校というよりはその居酒屋のバイトで仲良くなった。あの頃は由里さんのアパートに入り浸ってたな、と茜ちゃんは言った。由里さんと茜ちゃんは一歳違いで、ふたりとも二十歳くらいだった頃。私と茜ちゃんは同い年で、この頃にはまだ出会っていない。由里さんは専門学校を出たあとロンドンに渡って、カムデンタウンという原宿みたいなところで服を売っていたのだが、その街で知り合ったブラジル人と去年結婚して、ペルージャに住んでいる。この春に子どもが生まれた。

日本人の由里さんがロンドンでブラジル人と出会って結婚して、なんでイタリアのペルージャに住むことになるのか。そこのところの経緯を私はよくわかっていない。もしかしたら茜ちゃんから聞いたかもしれないし、あるいは茜ちゃんも知らないのかもしれない。由里さんと会うのは、十年以上ぶりだと言っていた。

チコという名前のその由里さんの夫が、最寄りの停留所まで迎えに来てくれることになっていて、チコには茜ちゃんも会ったことがなかった。わざわざ迎えに来てもらっては悪いから、道を教えてもらえればバス停から歩いて行くよ、と茜ちゃんは言ったが、家は相当な山奥で、バス停からもだいぶある、それも暗い山道を登っていかなくてはいけないので無理、と由里さんは言った。住所を調べてタクシーとかで行くのでもいいし、と茜ちゃんは重ねて言ったが、うちの方は田舎すぎて地図にも載ってないし、タクシーも来られない、と由里さんは言うのだった。実際、聞いた住所を打ち込んでも、地図の道案内は出てこなかった。

見て、とノートパソコンを一旦おいてスマートフォンを操作していた茜ちゃんが、私に画面を向けてよこした。先ほどの顚末を受けての、由里さんからのメッセージだった。ほんとにイタリア人ってやつは！　と由里さんは怒っていた。晩御飯の材料を切ってたんだけど、腹が立ってすごい大きくなっちゃった、とも書いてあった。私は由里さんには会ったことがない。今晩はじめて会う。

　空港のバス乗り場で、間違ったチケットを買ってしまったのだった。私たち夫婦はほとんど英語ができなかったけれど、ロンドンでは、知っている単語を繰り出せば、あとはやりとりのなかでどうにかこうにか話が通じた。けれどもイタリアに着いたとたん、空港内でさえ英語が通じない。バスはどこですか？　と訊いてみると、怪訝な顔をされるか、あっちだ、と漠然とした方向を示されるばかりだった。バス会社や、行き先について訊こうとしても、全然うまく伝わらず、首を傾げられるか、とにかくバスはあっちだ、と指さされておしまいになる。その振る舞いは、ロンドンの外国人たちと違ってずいぶんぶっきらぼうで、冷たく感じられた。まるで追い払われるように、と感じるのは、感じ過ぎなのだろうか。ロンドンではあんなにうまくいったのに、みんな優しかったのに、と焦りとともに悲しみもこみ上げてくるのだった。どうにかバス乗り場を見つけ、チケット売り場らしい窓口もあったのだが、ペルージャ行きのスルガという会社のバスの券を買いたい、と質問が込み入ってくれば、窓口の女の子にはやはり首を傾げられてあしらわれる。また別のひとに訊けば、バスチケットはあそこだよ、と同じ窓口を示される。しかしどうもあの窓口では私たちの乗るバスのチケットは扱っていないのだ、と言いたいが、うまく伝えられない。

　ロンドンでは九月でももうだいぶ寒くて、毎日もっと暖かい格好でくればよかったと思い続けていたけれど、イタリアは飛行機を降りたときからもう暑かった。私が額や背中にかいている汗は、暑さのせいなのか、焦りのせいなのかわからなかった。ちょっと落ち着こうと思って、立ち止まり、上着を脱いでいるその仕草や表情で、妻の茜ちゃんは私が焦っていらいらしているのが手に取るようにわかる。茜ちゃんは私よりも英語ができないし、イタリア語も私と同じくできないので、ロンドンでもそうだったように、イタリアでもひとまず先導は私に任せていた。いまも、一緒に焦っても仕方がない、と楽天の態度と表情をつくっている。しかし内心は穏やかでないことが、夫の私にはやはり手に取るようにわかる。私がいらいらしていると茜ちゃんもいらいらして、その平然とした様子はむしろ、焦る私を冷笑するニュアンスをほんの少し帯びている。ここで、ふたりの緊張を緩和するのはとても難しいということを、私も、茜ちゃんも、知っているのだった。本来楽天的なのは夫の私の方で、せっかちで心配性なのは妻の茜ちゃんだから、私が焦るのをやめて平然としはじめると、茜ちゃんが本来の性分を発揮して焦り出し、いらいらすることになり、そうとなれば結局私へのあたりがきつくなって、そうすると私が不機嫌になる。それでは緊張は解けぬまま、ただ両者の立場が入れ替わるだけだ。ともかくチケットが首尾よく買えないことには文字通り身動きがとれないし、ふたりの緊張も解けない。

ならばと茜ちゃんが動き出す。さっきの窓口に行って窓口の女の子にスマートフォンの画面を見せ、グーグル翻訳でつくったイタリア語の文面を見せてチケットを二枚買ってきた。茜ちゃんがそんなことをしたのは、私は意外ではあったけれど、そう驚くほどのことでもない。心配性だが、一度思い切ったら半ばヤケのように大胆に行動するのが茜ちゃんだった。私は主導権を奪われた少しの悔しさと、しかしそれで事がうまく進むのなら願ってもないことで、ときに夫婦の窮地を救うこともある茜ちゃんの豪快さに大いに期待した。しかし買ったチケットを写真に撮って由里さんに送ったら、それは全然違うチケットだから返してこい、と言われた。それでまた窓口に並んで順番を待っていると、郵便屋だか配送業者だかの若い男が、窓口に寄りかかって売り子の女の子たちとおしゃべりをしていて、全然順番がまわってこない。遊びの約束でも取り付けているのか、女の子たちも嬉しそうに笑ってしゃべっている。みんなまだ学生みたいな女の子たちだった。そんなことを異国で思ってもしょうがない、とわかってはいながらも、仕事なんだからちゃんとしてほしい、みたいなことを思ってしまう。ようやく男がいなくなって、またこいつらか、みたいな顔で眺めてくる女の子に、このチケットは間違えたから返金してくれ、と言ってみると、それは無理だという。示す間仕切りの隅を見れば、こんなところだけはしっかり英語で、チケットの変更はできない、と注意書きがあった。

日が暮れて、相変わらず山と畑の続く窓の外は真っ暗だった。時々道路沿いにあるショッピングモールやガススタンド、あるいはなにかの工場のような大きな建物も、明かりが消えて物寂しかった。ひとしきり仕事をすると茜ちゃんは寝てしまった。バスは少々遅れているらしかった。

目的の停留所につくはずの時間に、やっと次の停留所に着いた。ピアン・ジ・ポルト、と聞こえる添乗員のアナウンスがあった。店もなにもなく、あたりは真っ暗で、道の途中みたいな場所だった。何人かの客が降り、荷物を出したりしている停車中、万一勘違いしていて降りそこねてはと心配で、時刻表片手に運転手のおじさんのところまで行って訊ねてみると、ここはピアン・ジ・ポルトで間違いなかった。ここに行きたい、と目的の停留所を指すと、大丈夫だ、と言うようにうなずいて、少し遅れている、と言った。

席に戻ると茜ちゃんが目を開けてこちらを見ていたので、少し遅れてるみたい、と伝え、もう少し寝てていいよ、と私は言った。由里さんに言っておかなきゃ、と茜ちゃんは由里さんにメッセージを送った。

結局このバスは乗車時に添乗員に現金で運賃を払う仕組みで、そもそもチケットなど必要なく、だからチケット売り場もないのだった。間違って買ったチケットは払い戻しができず、無駄になってしまった。一枚九ユーロ、ふたりで十八ユーロだから、日本円で二、三千円くらいか。茜ちゃんが窓口の女の子に見せたイタリア語の文は、たぶん全然意味不明だった。ペルージャに行くスルガバスの往復の券を買いたいです、という日本語が、いったいどんな意味のイタリア語に翻訳されたのかわからないが、自動翻訳なのだから、もっと単純な構文にすべきだった。間違って買わされたのは空港とローマ市街の往復チケットだったようで、往復のところしか合っていない。私も役立たずだったのだから、そんなことで茜ちゃんを責めてもしょうがないし、そんな筋合いもないのだが、空港内でひとり焦っていた自分を突き放すように見ていた茜ちゃんを、この失策で見返すような気持ちがほんのわずか心中に起こり、それをなにも口には出さないし、そう思いたいわけでもないのだが、ならばこれはいったいどういう種類の感情なのか。茜ちゃんのなかにも、同じようなことがあるのだろうか。あるのではないか、と私は思っている。

三千円くらいだったら、はじめて来た国での貴重な体験と土産話のネタをひとつ買ったと思えば諦めもつく。だが、額面とは別にその顚末があとを引いていた。あの、ひとを小馬鹿にしたような窓口の女の子たちの対応に傷ついたわけではなかった。若い頃に、本当にぎりぎりのお金で旅行していたときには、ご飯も百円二百円の菓子パンかなにかで済ませて二千円とか三千円の安宿に泊まっていた。もしその頃に無駄に三千円も失ったら、やりきれなかった。きっと、その三千円でどこへ行けたか、あと何日余計に旅を続けられたか、そんなことをぐじぐじ考え続けてしまい、諦めきれなかったろう。と、そんなふうにむかしのひとり旅を思い出して、その頃の自分がお金を騙し取られたみたいな気持ちになってきてつらくなっていた。でも自分ひとりであれば、こんな気持ちにはならなかったように思う。茜ちゃんの翻訳がどうのにかかわらず、さっきの顚末を、私たちはふたりで経験してしまった。ことはふたりの目の前で起こり、ふたりで間違え、ふたりでお金を巻き上げられた格好になったのだ。もし私ひとりの胸に収まったのなら、私は茜ちゃんの前で、何事もなかったように振る舞えた気がする。私がむかしのひとり旅のときのことを思い出してつらがっているのも、ふたりでいたからだと思う。これはどういうわけなのか。八戸のフェリー乗り場で、苫小牧行きのフェリーに乗ろうかどうしようか迷って、結局乗らなかった私は一週間ほど前にほんの二万円足らずのお金を持って、バイクで東北一周の旅行に出た。もしフェリーに乗っていれば、旅程は北海道へと至り、そこからどこへと延びていったか。いつまで続けるとも決めていなかったが、所持金の大半を使って、ということはたぶん帰りの船賃もなく、片道切符で海を渡る度胸と覚悟を、十九歳だった私は持っていなかった。あれも九月から十月にかけての、同じ時期のことだった。その頃茜ちゃんは由里さんの部屋に入り浸っていた。私と茜ちゃんはまだ出会っていない。フェリー乗り場のベンチでひと晩過ごせないかと思ったが、夜は建物自体が閉まるという。苫小牧行きのフェリーが出港して、営業を終えようとしているフェリーのチケット売り場にいたおばさんに、この近くで安く泊まれるところはありますか、と訊ねると、近くの健康ランドを教えてもらった。八戸の夜は九月の終わりだともう寒い。フェリー乗り場から、暗い国道を十分か、二十分くらいだったか、もっとかかったかもしれない、本当にあるのか、あったとして今日営業しているのか、安いとは言ってもいくらかかるのか、不安に思いながらバイクで走った。ちゃんと数えれば、十六年前。ニューヨークのテロのあった年だから年号がすぐに出てくる。二〇〇一年だ。この悲しみは、あの晩の自分が少ない持ち金を不運な形で失してしまった悲しみで、そんな経験も記憶も実際にはなかったのだけれど、なかった悲しみを思い出して悲しくなる。そんな道理に合わぬ悲しみを、茜ちゃんにならば私は説明ができ、茜ちゃんもそれをきっとわかるだろう。

いまなんてとこ？　と茜ちゃんに訊かれて、時刻表のピアン・ジ・ポルトの名前を指して、ここ、と教えた。茜ちゃんは綴りを確かめ確かめして打ち込み、由里さんに遅れ具合を連絡した。

私は自分の電話で、pian di portoとグーグル翻訳にかけてみたら、「すぐに港へ」と出た。地図を見たけれど、近くは山ばかりで港なんかない。

チコはバカボンのTシャツで迎えに行く、と由里さんからメッセージが来ていた。そして本当にチコは天才バカボンのTシャツを着て私たちを停留所で待っていた。正確にはバカボンではなくバカボンのパパが、愉しげな表情で一本指を立て、チコの胸を走っている。

チコ、チャオ、と挨拶をして、ひとし、あかね、と私たちは自己紹介した。

ピアッツァは広場。だからピアッツァ・パルティジャーニは、パルティジャーニ広場という意味で、たしかに停留所は街中の少しひらけた広場のような場所だった。あたりは石造りの古い建物が多く、曲がりくねった坂が多かった。中世からさほど変わっていないのではないかと思える暗い石畳の路地や石門があった。私は助手席に座った。チコが、由里さんに電話をかけて、茜ちゃんに渡した。着いたよ、と茜ちゃんが電話に言った。本当に着いた、と私も思った。チコに会えたよ、バカボン着てたよ。茜ちゃんが座る後部座席の片側には、チャイルドシートが設置してあった。チコは、四つ打ちのクラブミュージックみたいな曲を流していた。

少し走ってから、チコは駐車場に車を停め、降りるようにうながした。ふたりであとをついていくと、チコは道に面した酒場に入って、店の外で飲んでいた若いグループの何人か、そして顔見知りらしい店主に挨拶すると、ビールを飲もう、と私たちに言った。

チコがお金を払ってくれ、カウンターでビールを受け取り、私たちは表に出て瓶を打ち合わせて乾杯した。茜ちゃんは炭酸水をおごってもらった。チコは英語ができるので、いくらか会話ができたが、こちらがよくわからないところも多かった。茜ちゃんが、ほとんど日本語で、由里さんの話をチコに訊ね、私がおぼつかない英語で介すると、チコは由里さんとの馴れ初めを話し出したようだった。私たちは部分的にしか理解できない。わかる単語を拾って、不明な部分を推察で補いながら、チコの話を聞いた。ときどき、意味がすっと伝わるところで、うんうん、とふたりともうなずいた。同時に、チコはなんでここに寄ったのだろう、とも思っていた。もしかしたら由里さんも、これからこのお店に来るのだろうか。しかしだったら一緒に来ればいいのであって、たぶんチコは家にまっすぐ向かわず、私たちをこの店で歓迎してくれているのだろうと私と茜ちゃんは思った。イタリアは飲酒運転は禁止じゃないのだろうか。茜ちゃんから聞いた話では、専門学校を出たあとロンドンに渡った由里さんは、その後ずっとロンドンで暮らしていて、チコとは長く付き合っていたが、去年別れた。そしてそれをきっかけに由里さんはロンドンを離れ十年以上ぶりに日本に戻ってきたのだが、チコは由里さんを追いかけて、日本まで、それも由里さんの実家の山形までやって来て、プロポーズしたのだという。チコさんが、由里さんを追いかけて、日本に行ったんでしょう？と茜ちゃんが訊くと、チコは笑って、や、や、や、とうなずき、由里は特別な、自分にとって必要な、大切なひとだ、というようなことを言った。私と茜ちゃんは、うんうん、とうなずいた。私は、まだ会ったことのない由里さんのことを、さっき会ったばかりのチコがそういうふうに話すことが、今日のイタリアに着いてからの何日分にも感じる長い時間のなかにあったことを、きっと忘れず、何年かあとにも思い出すと思った。

一杯飲み終わると、チコは車に戻り、家に帰ろう、と言った。カーオーディオのボタンをしばらくいじってずいぶん選曲を悩んでいるようだったが、ボブ・ディランの「戦争の親玉」が流れはじめると、うん、と言って私の方を見るので、いい曲だね、と私が言うと、好きか、と言うので、好きだ、と私は答えた。またカーブの坂をのぼり、やがて広い幹線道路に出ると、チコは速度を上げた。片側二車線ずつの道で、イタリアは右側通行なんだな、と私は思った。走っている車は少ないが、ときどき前方を走る車が現れるとチコはさらにスピードを上げて追い抜いた。速度計のメーターは一五〇キロに達した。ハンドルにステレオの音量を上げ下げするボタンがあり、チコの操作で先ほどよりもだいぶ音量が大きくなっていた。ベストアルバムかなにかなのか、ボブ・ディランの定番的な曲が続くが、気がのらないとチコはやはりハンドルのボタンを押して、別の曲へと早送りして、ところどころ、一緒に歌った。鼻にかかったしゃがれ声を張り上げる歌い方は、真似ているのか、もともとの声が似ているのかわからないが、似ていた。ボブ・ディランはベリーナイスだ、彼の言葉を俺はリアルに感じる、とチコは言った。うしろの席で茜ちゃんが恐怖に固まっているのがわかった。やがて街灯も一切ない山道に入ると、ヘッドライトの照らす先以外あたりは真っ暗になった。上りの細いカーブが続くが、ここでもスピードは常時七、八〇キロ出ていた。さっき街のなかでは両側に建物が迫っていたが、いま両側は木々が深く茂っていて、上方は闇に紛れて木々と空との境界がわからない。私は、何度も聴いたことのあるはずのボブ・ディランの声を、こんな声だったのか、と思いながら聴いた。その声が「How does it feel?」と繰り返す。私は、十六年前の八戸の夜の不安をまた思い出し、けれどその不安のなかには、この興奮もたしかにあったと思い出した。今夜ここで死ぬかもしれない、と私も、茜ちゃんも、十六年前の私も思った。イタリアの山奥で、ボブ・ディランを聴きながら、会ったばかりのブラジル人の暴走運転で死ぬ。人生のそういう終わり方が、少なくとも自分の人生の可能性としてたしかにある。それもそんなに悪くないかもしれない、という考えも強くはないがたしかにある。死にたいわけでは全然なく、怖いし、茜ちゃんが怖がったり死んだりすることも怖いが、というか、悪いも悪くないも関係なく、次の瞬間にチコがハンドルを切り損ねたら否応無しにそれが現実になり、私が、茜ちゃんが、現実からいなくなる。その可能性から、私たちは逃れられない。

うう！　とチコが声をあげて、急ブレーキをかけた。車が減速し、体が前に振られ、ライトの先には、ヘルメットにヘッドランプをつけたサイクリストが照らし出されていた。やや太った、白人男性の自転車乗りはサイクリング用のぴったりとしたスーツを着て、驚いたようにこちらを見ていた。もう夜十一時を過ぎている。この真っ暗ななか山を越えてきて、これから下っていくのか。今夜彼はどこまで行き、どこで眠るのか。クレイジーな奴だ、とチコが笑って言い、またスピードを上げて山道を走った。

絶対大丈夫

夫の高校の同級生がイギリス人の男性と結婚して、夫の友達たちと連れ立ってロンドンまでやって来たのがもう一週間前のことだった。旅先だと一週間はあっという間だ。到着して三日目に、夫の同級生のけり子さんとその結婚相手であるジョナサンの結婚パーティーがあった。日本から一緒に行った窓目《まどめ》くんと皮《かわ》ちゃんはやはり夫の高校の同級生で、結婚パーティーのあとは四人でロンドンを見てまわった。窓目くんと皮ちゃんは今日の飛行機で日本に帰った。いま頃は空の上。

ヒースロー空港で窓目くんと皮ちゃんと別れたあと、私たち夫婦がローマ行きの飛行機に乗ってイタリアにやって来たのは、私の古い友達の由里さんがイタリアのペルージャに暮らしているからだった。それでいまはローマの空港から出ているペルージャ行きの高速バスに乗っている。

ロンドンに来て一週間滞在しただけでも馴れない海外で疲れていた。こんな機会でもなければなかなかイタリアなんて行けないし、由里さんにも会えないからと思い切って組んだ旅程なのだったが、正直に言うと昨日の晩から今朝にかけては、もう窓目くんたちと一緒に日本に帰りたいような気持ちだった。

ローマ空港でペルージャ行きのバスを探すのにもひと苦労で、チケット売り場で間違ったチケットを売りつけられたりもしたのだが、どうにか無事にペルージャ行きのバスに乗り込むことができた。空港を出てしばらく続いた郊外の畑の景色を過ぎると、バスはローマの市街に入った。私は由里さんに無事バスに乗れたことをメールで報告した。

ペルージャというのは、前にサッカーの中田がいたチームがあったところだけれど、由里さんがペルージャに来たのは去年だったと聞いた。私はサッカーに詳しくないので、中田はいつまでペルージャにいたのだろうか。

知らない、と仁《ひとし》くんは応えた。彼もサッカーには詳しくない。

由里さんはペルージャに行く前は長いことロンドンに住んでいた。そこからそのままペルージャに行ったのか、イタリアの別の街にも住んでいたのか、詳しいことは聞いたかもしれないが覚えていない。ともかくロンドンの若いひと向けのお店が集まったカムデンタウンという街で、洋服を売っていた。私たちも、ロンドンにいるあいだにカムデンタウンを見てきたけど、東京で言ったら原宿の竹下通りみたいなところで、私たちには若すぎるような印象だった。

もう、若かった頃のように若くはないのだ、と私は変な言い方だけれどそういう言い方で思った。

由里さんと知り合ったのは十八の頃だった。私は高校を卒業して専門学校に入り、半年ほどでほとんど通わなくなった。由里さんは私の一年先輩だったし、私と由里さんはコースも違ったから、学校ではほとんど会わなかったけれど、同じクラスで仲良くなったケミちゃんは学校の年上の友達が多くて、それで一緒に飲みに行ったりするうちにそこに由里さんもいて、仲良くなった。ケミちゃんも私と同じ頃に学校に行かなくなって、結局二年に上がる同じ頃にやめた。ケミちゃんは検見川《けみがわ》に実家があったからケミちゃんだったが、私はいまケミちゃんの本名がすぐに思い出せない。

学芸大学の駅前の商店街にある小さい居酒屋で由里さんはバイトをしていた。ケミちゃんとそこに何度か飲みに行って、私とケミちゃんもいつの間にかそこでアルバイトをするようになった。いや、いつの間にか、なんて嘘で、そこにはちゃんとそれなりの、けれどもわざわざ説明するにはあまりに取るに足らない経緯があったのだけれど。私は学校をやめてから、昼間は広告制作の会社で働いていた。ケミちゃんはバイトだけしていたのだったろうか、ちょっと思い出せない。

中田選手がペルージャのチームにいたのはその頃かもしれない。バイト先のみんなで、日本と韓国でやったワールドカップの中継を見たのを覚えている。ワールドカップは何年のときだろうか。人生のうちで結構特別な、特殊な、数年間だったはずなのに、年号や自分の年齢とちゃんと結びつかない。

由里さんとは店でも、仕事のあとでも、一緒にいることが多かった。店と同じ学大に由里さんのアパートがあって、仕事終わりに由里さんの家に行ってそのまま泊まって、そこから朝仕事に行くこともしょっちゅうだった。ケミちゃんとは自然と、疎遠になった。仕事で一緒にはなっても、それ以外で遊んだり、家に泊まりに行ったりすることはほとんどなかった。ケミちゃんは美人で、お客さんにもてた。

店から商店街を通って、終電が終わった駅を抜けて反対側に出て、そこから十分ぐらい歩いて目黒通りの近くの小さいアパートの二階。途中のコンビニで酒とつまみを買って、階段をかんかんいわせてあがって、ワンルームの部屋に入ると、右手に洗面所とお風呂とトイレがあって、左手がキッチン。奥が部屋で、壁際に置かれたベッドとちゃぶ台のようなテーブル。ベッドの反対側には衣装ケースとテレビ台、カラーボックスには雑誌や細々したものが収納されていて、上にはサボテンに香炉が置いてある。部屋に帰りついたらまずはふたりで煙草に火を点ける。由里さんがスマイルマークの灰皿を出してテーブルに置き、テレビの横のコンポでなにか音楽をかける。私は未成年だったけれど、酒も煙草も高校のときからやっていた。

由里さんの部屋で私たちはたくさん話をしたけれど、なにを話したのか思い出せない。それは嘘で、忘れられないいくつかの話、いくつかの時間、いくつかの夜が私のうちにはある。でもそれをどういうふうに誰かに言えばいいものか、言った方がいいのか言わない方がいいのかわからない。別にそれはいま言いたくない。

私と由里さん、そしてケミちゃんがバイトをしていた居酒屋は、晴れ間という名前の店で、十八で田舎から東京に出てきて早々に学校をドロップアウトした私は、そこで世の中を教わったような気がする。

ある日早番の仕事の日にいつもより少し早く店に行くと、店の入り口にあがる階段で店長と常連客の女のひとが抱き合っていた。というかもう、しっかりとふたりとも下半身が丸出しのもろ出しという事態だった。ハルさんと呼ばれていたその女のひとは、だいたい毎週末店に来て、その頃もう四十代だったと思うけれど、店の常連客の男のひとたちを端から食い尽くしていた。

そんな光景を目撃したからかもしれないけれど、ハルさんの印象はもう全身から色気が溢れているというか染み出ているというか、つまりどエロの一言に尽きる。

どちらかというと童顔だが目鼻立ちははっきりしていて、髪型は染めていたかもしれないが濃いめのきれいなストレートだった。店に来るときはTシャツとかポロシャツにジーンズ、というようなカジュアルな格好が多く、それらをそこはかとなくエロく着こなす。体のラインの出方とか、裾や袖からのぞく肌とか、Tシャツの胸にプリントされた文言や絵柄、ダメージジーンズの破れ方、そういう微妙な細部がハルさんの大きな胸やお尻、締まったウエストを強調し、その服のなかを想像させた。背が高いから、ストレートヘアーと相まって、体のめりはりがいっそう際立った。というような私の印象も全部どエロのバイアスがかかっているのであまり信憑性がないかもしれず、思い出せば出すほどなにもかもが安直で、ハルさんはどエロ方向に強まっていく。そしてなぜだ、なんか私の気持ちが滅入ってくる。

服やバッグのブランドなんかを見ると結構高そうで、ハルさんはいったいなんの仕事をしているひとだったのか。思い出そうとしてもそれは全然記憶にない。店で見たことは一度もないが、旦那さんや子どももいたのだった気がする。少なくとも、お金で苦労をしている様子はなく、むしろそこにエロさとともに見え隠れする金銭的な裕福さが、私の気持ちを滅入らせるのかもしれない、と私は思った。そしてそのお金の匂いも、もしかしたら男たちがハルさんに引き寄せられるフェロモンのひとつだったかもしれない。

近所のラーメン屋の店長も、むかしレコードデビューしたことがあるというギタリストのひとも、常連の男性はたいていみんなハルさんの手にかかっていた。常連客のなかでは若い方で、頭がよくて二枚目だったキムくんは電通かどこかに勤務していて、キムくんは常連たちとハルさんの関係を知ってはじめのころは嫌悪さえ示していたが、気づけば結局いつの間にかキムくんもハルさんの掌中にいた。

ハルさんが常連の男たちに都合よく遊ばれていた、という見方もできるのかもしれない。けれども私が店で見ていた限り、相手やシチュエーションによって上手に甘えたりなびいたりして見せるハルさんは、いちばん最後の主導権だけは常に自分の手から放さなかった。ハルさんも男たちも、たぶん彼らは互いにそうなりたくてそうなっていたが、そうなりたいと思わせるのは常にハルさん次第、ハルさんの都合と気分による。私にはシャツの胸元からのぞくハルさんの鎖骨と胸の谷間が、男たちを次から次へと引きずり込む蟻地獄みたいに思えた。

そういう彼らは店で顔を合わせても平気で、同じ穴の狢《むじな》、という慣用句はこの場合なんだかあれだけれども、晴れ間のカウンターには連日ハルさんに可愛がられた男たちが隣り合って並んでおり、ハルさんも平気でそこに混ざっている。さらにカウンターのなかには、店の階段でハルさんとことに及んでいた店長がいる。私はさすがにそれを目撃したことは由里さんにしか話さなかったけれど、ハルさんと男たちの奔放な関係は半ば公然の出来事であって、彼らの会話のなかにも思わせぶりな日にちや場所などがあらわれるのでどうにも生々しい。もうあの店じたいが巣窟のような場所だった。私はそんな場所で酒をつくったり、料理を運んだりしながら、ハルさんと男たちの話を聞いたり、聞くだけでなくときには会話に加わったりもしていた。

晴れ間でアルバイトをしていたのは、二年半くらいだったか。職場を変わってからも、土日だけたまに手伝いに行ったりしていたけれど、店長とけんかをしたのを機に、手伝いに行かなくなって、あの店にいたひとたちとの関係もぷっつり切れた。ハルさんはいまどこでなにをしているのか。ハルさんと関係を持ったお客さんたちや、店長はどうしているのか、全然知らない。

どうしよう、ハルさんのことを思い出したら、思い出しが止まらない。私はバスのなかで、仕事をしようとパソコンを開いていた。盆でも正月でもない時期に、十日間も日本を離れているので、旅行中もちょこちょこ合間を見て仕事を進めなくてはならなかった。仁くんは窓の外の景色を飽きずに眺めていたが、バス内にはフリーのワイファイがあったし、ペルージャまでは四時間くらいかかるという。座席は日本の観光バスと同じで快適で、仕事を進めるにはちょうどいい時間だった。それなのに、別に思い出したいわけでもないハルさんのことがなぜかこんなにも思い出されて仕事が全然進まない。

日韓のワールドカップは二〇〇二年。中田がペルージャにいたのは九八年から二〇〇〇年だって、とスマートフォンを見ながら仁くんが言った。そのあとはローマに移籍したから、中田はいまうちらが移動しているのと逆のルートを通ってペルージャからローマへと……と話し続けていたが、私は中田の話はどうでもよかった。

ロンドン滞在中から、私の仁くんへの苛立ちはずっと沸点近くを推移していて、こういう興味のない話をだらだら続けられるとまた怒りが溢れそうになる。ローマの市街を抜けると、バスは高速道路のような道に入り、道沿いは畑や林ばかりになり、やがて遠くの山際にきれいな夕焼けが広がったあと、日が沈んだ。

晴れ間で教えてもらった世の中は、と思う。毎日変なひとが酔っ払い、くだらないことを言い、くだらないことをしている。けれどもみんな昼間はまじめに仕事をして、ちゃんと社会のどこかにかかわり、動かしている。日が変われば昨日と違うことを言い、相手が変われば言うことも変わる。本音と建て前があり、嘘と本当があり、本音が嘘だったり、建て前が本当だったりもする。男女の話も同様に複雑で、私も当時を思えば相当に複雑ないくつかの事態を経験したし、ハルさん周辺は混沌が極まって自由みたいになっている。ハルさんのあの鎖骨と胸の谷間。私は女のひとの胸の谷間を見ると、太宰治の小説を思い出す。本なんかろくに読まなかったけれど、教科書かなにかでたまたま目にした「桜桃」という夫婦の話。夏の夜、汗をかきかきご飯を食べていた夫に妻が、「お父さんは、お鼻に一ばん汗をおかきになるようね」と言う。夫は「それじゃ、お前はどこだ。内股かね?」「お上品なお父さんですこと」「いや、何もお前、医学的な話じゃないか。上品も下品も無い」そんなやりとりがあって、妻が「私はね」と少しまじめな顔になり、「この、お乳とお乳のあいだに、……涙の谷、……」と言う。ハルさんの胸元を見るたび、私は小説のその場面を思い出した。三人の子どもを抱え、金がなく、妻は苦労がたえない。夫はろくでもない奴で、酒を飲んでばかりいる。そして、そんなふうに妻になじられれば、いたたまれなくなってまた逃げるように外に飲みに出る。近頃は自殺のことばかり考える、とか深刻ぶっている。その後もう少し大人になってから何度か読み返しても、十代の頃にはじめて読んだ印象から動かない。この夫はクソだし、世の中クソだな、と思った。「桜桃」が太宰が自殺するすぐ前に書いた小説だったと知ったのはつい最近だ。世の中ほんとにクソだな、由里さんのアパートで、私と由里さんはそう繰り返しながら飲んで食べて楽しく笑った。

由里さんは私より先に晴れ間をやめて、ロンドンに行った。由里さんの部屋で飲んでいたときに、私ロンドン行くんだ、と聞いた。ワーキングホリデーを使って、仕事をしながら語学学校に通うのだと由里さんは言った。そのためにずいぶん前からお金を貯めていて、別に隠していたわけでもなかったようだけれど、私は全然知らなかったから、驚いた。外国に行くなんて、大変なことだと思った。由里さんのしたいことや由里さんの人生についての想像が私には全然つかなかった。

ワールドカップをみんなで観たときには、たぶんもう由里さんはいなかった。由里さんが店をやめて、いなくなってからは、当たり前だけど由里さんの部屋には行かなくなって、代わりに入ってきたケイタくんっていう男の子は店長にいじめられてすぐやめたから、たぶん二か月くらいしか晴れ間にいた時期はなかったはずだけど、ケイタくんもしっかりハルさんのお世話にはなっていたはず。それでそのあとに入ったレイ子ちゃんは店長に気に入られて、でも気に入られすぎて男女の関係になり、私が店長とけんかをしたのも結局それが原因だった。レイ子ちゃんと店長がちゃんと付き合っていたのかは知らないが、レイ子ちゃんはやっぱり常連のひとりのマンちゃんとも付き合っていた、というか関係を持っていた。というかそもそも店長にも家族がいたから、ちゃんと付き合ってるもなにもないのかもしれない。マンちゃんは常連のなかでは数少ないハルさんの手にかかっていないひとりで、レイ子ちゃんが入る前は私のことを狙っていて、私が店にいるといつも誘ってきた。一度か二度ふたりで遊びに行ったことはあった。マンちゃんのお父さんは牧師さんで、マンちゃんは普通の会社員だったけれど、ほかの常連のひとにくらべるともの静かで、物言いも穏やかだったし、酔って乱れることもなかった。そのへんがハルさんから距離を保てた理由なのかどうか。私は、レイ子ちゃんとマンちゃんがくっついたと聞いたときは、別に嫉妬はしなかったと思うけれど、まあ憮然とした。ワールドカップを観たのは、そういうアフター由里さんの時代の晴れ間のひとたちだった。そんなぐちゃぐちゃしてるのに、店長もハルさんもマンちゃんもレイ子ちゃんも私も平気で一緒にいるなかで、みんなでお酒を飲みながら、日本代表の試合を観たのだった。どことの試合だったか、勝ったか負けたかも覚えていない。私はあの大会の日本のチームでは秋田選手が好きだったが、秋田は試合に出なかった。思い出した、ケミちゃんの本名はアキコだった。ケミちゃんももうワールドカップのときには晴れ間にはいなかった。

ニューヨークのテロがあったときはまだ由里さんは日本にいた。私の誕生日は九月十一日で、テロがあった日は学校の友達や晴れ間のひとたちが誕生祝いに集まってくれていて、やっぱりみんなでお酒を飲んでいたら、パブで流れていたたぶんBBCニュースが事件を報じていて、最初は映画かなにかと思って、どうやら大きな事件らしいと知ったのはしばらく経ってからだった気がするし、そうとわかってからも私と友達たちは、事態の大きさをよくわからないまま飲み続けていたんだと思う。あの日が私の十九歳の誕生日だった。

それから十六年、今年の誕生日は、数日前にロンドンで迎えた。この日は日中は窓目くんたちと別行動にすることにして、私たち夫婦は水上バスに乗って、テートモダンを観た。夜はまた窓目くんと皮ちゃんと合流して一緒にご飯を食べることになっており、私はそれなりに自分の誕生日が祝われることを期待していたのだけれど、特にそういったことはなかった。仁くんは、誕生日や記念日の類になると、その日の天気やその場の風や音などの話をはじめて、茜ちゃんの誕生日、今日この日、この時間にしかないこの陽光、この風、どこかから聞こえてくる変な音、サラウンド、あ、鳥が飛んでいる、みたいなことを言うばかりで、プレゼントを用意するとか、特別な催しを手配するとかいうことをしてはくれない。彼がそういうイベント的なことを好きでないのは知っているが、私はそういうイベント的なことが嫌いなわけではない。自分の誕生日に、みんなが集まってなにかをしてくれる、おめでとうと言われて、ありがとう、とよろこぶ、私はそういうことはとても好きだ。そして仁くんが言っていることをよろこべずに、そんなベタなことをして欲しがる自分をつまらなくも思うが、けれどもそれ以上にそのような自分の心持ちを何年経っても推し量ってくれない、あるいは推し量ってはいるかもしれないが具体的な行動には移せない仁くんへの不満を確認する。

テートモダンは素晴らしく刺激的だった。夕方に窓目くんと皮ちゃんと合流し、窓目くんが案内してくれたインド料理のレストランに向かった。窓目くんに美術館で撮った写真を見せた。窓目くんは今朝、早起きして魚市場に行って、そのあともイギリス在住のインドやスリランカのひとが利用する店などをまわってきたという。片手に白いビニール袋を提げていて、なかには調味料や乾物のようなものが入っていた。

スマホの地図を見ながらしばらく迷ったあとで、レストランに着いた。なかなか高級そうな店構えで、窓目くんは、今日は茜さんの誕生日だしね、と言った。ドアを開けるとびしっときまった服装の店員が出てきて、窓目くんがしばらく話していたが、にやにや笑いながら戻ってきて、入店を断られた、と言った。なんでかよくわかんないけど、たぶん服装のせいだと思う。

窓目くんは黄色いチェック柄のシャツにリュックを背負い、トレッキングブーツを履いていた。で、片手にはビニール袋を提げている。店構えや、対応していた店員の様子を見ると、断られてもしかたがないように思われた。入り口の横で待っていた私たち三人の格好も、チェックされていたことだろう。昼は写真のギャラリーに出かけたという皮ちゃんは、ハットにアウトドア用の黒いパーカーだったし、仁くんもナイロンの赤いアウトドアジャケットを着ていて、この三人はひとの誕生日のディナーだと言うのに揃って登山でもするような服装でレストランに入ろうとしていた。インド料理のレストランで、対応に出た店員はインド系のひとだったから、人種差別や国籍差別による入店拒否ではないように思えた。紺色のワンピースに、レザージャケットを着ていた私ひとりなら、たぶん断られなかったはずだ。

結局その後、窓目くんが近くの別の店を調べて連れていってくれた。その店の食事はとてもおいしかった。窓目くんと仁くんがビールを、酒を飲まない皮ちゃんがジンジャエールを、私は炭酸水を頼んで、グラスを合わせるときに、仁くんがふたりに、じゃあ茜ちゃん今日誕生日だから、と言うとふたりは、あ、そうだったおめでとう、おめでとう、と言い合って乾杯した。それだけだ。

充分じゃないか？　はい、そう思います。嘘です。私はもっとちゃんと祝ってほしかった。窓目くんが持っていた変なビニールの中身も、もしかしたら私へのプレゼントかもしれないと、中身がなんであれ、もしそうならなんであれ嬉しい、とそう思っていたけれど、結局あの貧乏くさいビニール袋は、窓目くんがどこかで買った、よくわからない私には関係のない食材でしかなかった。

私はそんなわがままなことを思って、本当に疲れる。ただでさえ疲れているのに、そんな子どもみたいなことを思って、それを止められないのがいやになる。もう誕生日をよろこぶような年ではないではないかと思う。けれども、ロンドンで迎える特別になるかもしれなかった今年の私の誕生日が、そのように簡単に、ほとんど忘れられていたように過ぎてしまったことを悲しく思うのを止められない。

窓の外はすっかり夜になって、車内も暗くなった。乗客は十人くらいしかいなかった。席はがらがらなので、私と仁くんは、わざわざ並んで座ることもないと通路を挟んで二席ずつ並んだ両側に分かれて座っていた。仁くんは読書灯をつけて本を読んでいた。仁くんはこれから行くペルージャの由里さんとは会ったことはない。いま思い出した晴れ間のひとたちのこととかも知らない。いくら妻の古い友達だからって、こんな遠くまで一緒についてきて楽しいのだろうか。本当は来たくなかったんじゃなかろうか。彼から私の顔は見えない。暗いのをいいことに私は、夫と、夫のしょうもない同級生、窓目と皮の野郎、その三人に向かって、心のなかでとても悪く言った。

午後十時頃、予定時刻を一時間ほど過ぎて、由里さんに教えてもらっていたピアッツァ・パルティジャーニという名前の停留所に着いた。ピアッツァ・パルティジャーニはパルティジャーニ広場という意味で、たしかに停留所は街中の少しひらけた広場のような場所だった。私たちはほかの乗客数人と一緒にバスを降りた。イタリア語も、地名を読むのすら怪しい私たちは、そもそもバスがちゃんとペルージャに着いたこと、そして間違えずに正しい停留所で降りられたことに安心した。運転手と添乗員は親切だった。

由里さんのパートナーのチコが、停留所まで車で迎えに来てくれていた。チコに会うのははじめてだったが、彼は目印にバカボンのパパのTシャツを着てきた。チコの胸で、バカボンのパパが走っていた。賛成の反対、という吹き出しのセリフもあった。これでいいのだ、だったかもしれない。由里さんは今年生まれた赤ちゃんと一緒に家で待っている。あたりは石造りの古い建物が多く、曲がりくねった坂が多かった。中世からさほど変わっていないのではないかと思える暗い石畳の路地や石門があった。仁くんが助手席に、私は後部座席に座った。後部座席にはチャイルドシートが取り付けられていた。

チコが由里さんに電話をかけて、少ししゃべって私に電話をわたした。茜、と由里さんの声がした。着いたよ、と私は言った。チコ、バカボン着てたよ。あはははは、と笑う由里さんの声が聞こえて、私は、ああ由里さんの声だ、と思った。こんな遠くに来たのに、どこかに帰ってきたみたいに安心した。

私たちはバスの停留所の近くに由里さんの家があるのだと思っていたけれど、聞けばここからさらに車で四十分ほどかかるのだという。

チコの運転は恐ろしかった。幹線道路らしい直線の多い道では一五〇キロくらいで飛ばした。細い道に入っても誰かと競走でもしているみたいな運転が続き、対向車が現れるたびに急ブレーキを踏んだ。しかも彼は、停留所の近くのバーにわざわざ立ち寄って、歓迎のつもりか仁くんと一緒にビールを飲んでいた。

街灯もなにもない曲がりくねった山道に入ってからは、いつ藪に突っ込んだり、谷底に転げ落ちたりしてもおかしくないと思った。これがイタリアでは普通なのだろうか。というか、チコはイタリア人ではなくブラジル人で、由里さんとはロンドンで知り合ったから、暮らしていたのはロンドンが長い。ともかくこのレースみたいな乱暴な運転がどこかの国の方式なのか、チコ個人の狂気なのか正気なのか知らないが、私はとにかく恐ろしくて後部座席で体が固まったみたいに緊張していた。

由里さんが働いていたカムデンタウンの洋服屋のデザイナーをしていたのがチコのお母さんで、チコもときどきその店の手伝いをしていたから、それでふたりは知り合った。チコはデザインや洋服にかかわる仕事やそういう勉強をしてきたわけではなかったから、ただ店に立って服を売る手伝いをしていただけだったが、由里さんと会ううちに付き合うようになったという話だった。もちろんこれは車のなかでチコから聞いたのではなく、事前に由里さんから聞いた話だ。チコは助手席の仁くんと英語でなにかしゃべっていたけれど、私にはなにを話しているのだかわからないし、たぶん仁くんもあまりよくわかっていないっぽい。チコの言葉に相槌を打ちつつも、仁くんもチコの運転に身を固くしているのがその声からわかった。

車は山をどんどんのぼっていった。ライトは前方の低いところを照らしていたが、後部座席の私から見えるフロントガラスの向こうは真っ暗だった。道は途中から舗装がなくなって、タイヤが砂利を跳ねさせ、枯れ枝を踏み折る音がずっと続いた。道の両側の木の枝葉がだんだんと車に迫ってきて、時折窓ガラスに擦れた。チコは路面の凹凸に車が弾むときや、急カーブをほとんどスピードを落とすことなく曲がるときなどに、楽しそうに声をあげたり、口笛を鳴らしたりした。一度、カーブを曲がりきれずにまた急ブレーキが踏まれ急停車したときも、げらげら笑って、なにか言っていた。私は、笑ってんじゃねえよ、と内心で言った。チコが日本語もわかるのか私は知らない。

車が動き出す前に、前の席の仁くんに、ねえ、と小さな声で呼びかけると、仁くんはこっちを向いた。怖い、と日本語で言うと、仁くんは、うん、と応えたが、それだけだった。めりめりとタイヤの下の石を鳴らしてまた発進すると、すぐに荒々しい運転に戻った。窓の外はやっぱり真っ暗で、仁くんはチコになにも伝えてくれない。

急に、このひとは本当に由里さんの夫なのか、という考えが頭に浮かんだ。停留所でバカボンのTシャツを着ているひとは間違いなくこのひとしかいなかったけれど、もしかしたらこのひとは別人で、そして大変な悪人で、このまま山の上に連れていかれてふたりとも殺されるのではないか。

チコがたしかに由里さんのパートナーだったとしても、由里さんだってもう何年もほとんど連絡をとらず、SNSで近況を知る程度だった。実際に会うのは由里さんがロンドンに行って以来だから、十五年ぶりになる。そのあいだに由里さんの人柄が変わったとは思わないけれど、この馬鹿げた運転をするブラジル人と一緒に、人里離れた山中でなにかとんでもない悪事に手を染めていて、私たちはいまそこに巻き込まれようとしているのだった、そんなことも本当にありえないと言えるだろうか。

仁くんは車が揺れて大きく体が振られるたびに、へへっ、などと笑い声をあげた。本当は彼のほうが私より不安だったとしてもおかしくない。彼はいま向かっている先の由里さんのことさえなにも知らないのだ。それなのに、さっき会ったばかりの外国人のこんな乱暴な運転でどんどん山奥へと連れ去られている。そして腑抜けた笑い声をあげている。これでいいのか？　と仁くんにチコに英語で訊いてほしい。私はそんな簡単な疑問文さえすぐに出てこない。車内ではバーを出てからチコがずっとボブ・ディランの曲をかけていた。

しかし私は、同時に、不思議だけれど、いまのこの状況をなぜか絶対安全と感じてもいたような気がする。なんの根拠も理由もない。ただ、由里さんと一緒にいた、やぶれかぶれみたいな二十歳頃の時間、晴れ間に集まってくるどこか狂っているのに平然と立派な社会人として暮らしているひとたちを見ていた時間を思い出すと、チコの運転するジェットコースターみたいな車内で、心のどこかで強く、絶対大丈夫、と思えた。なにが大丈夫なのか、大丈夫とはなんなのか、自分でも全然わからないところが危うくて、けどその危うさが私に無根拠に絶対と思わせる。

夫に言わせれば、ときどき私に到来する無根拠な絶対性は危うい。けれども無根拠にそう思ってしまうものを、どうコントロールできるのか。あの頃ハルさんの谷間に吸い込まれていったひとたちも、こんなふうに根拠のない安心を感じていたのかもしれない。これはあとで知ったことだけれど、チコはペルージャに来た二年足らずのあいだに、この山道で五回も事故を起こして車を二台つぶしていた。一台は木に激突して。もう一台は崖から落ちて。でも一度もけがはしていない。

続いていた山道の傾斜やカーブがやや穏やかになり、高原のような山の上の平地のような場所に出たのかもしれなかった。なにしろ窓の外はいっそう真っ暗で、どんな場所だか、どこを走っているのだか、わからない。チコが車を停め、ドアを開けて外に出た。車の前に歩いていって、置かれていた木製のゲートをどかした。また車を進めると外に出てゲートを元の場所に戻し、細い道をゆっくり進んだ先で、車を停めてエンジンを切った。着いた。

チコに促されて車を降り、地面に足を着けると、とりあえず死ななかった、と思った。チコが荷物を降ろしてくれた。真っ暗で全体は見えなかったけれど白い壁の家があり、壁際に木の椅子がふたつ並べてあった。小さな灯りのついた玄関口があって、車の音が聞こえたのか、木の扉が開くとなかから由里さんが出てきた。

黒米と大麻

今年の二月に生まれたから、半年とちょっと。でも体重が十一キロもあって、余裕で一歳児並み。

由里さんとチコのあいだに生まれた娘ハルちゃんは、ベッドの上に腰掛けた由里さんの膝の上で力士のような安定感で座っていた。目を大きく開いて、深夜に突然現れた見慣れない客人ふたりをじっと見ている。

ほんとだ、なんか大きいね、と妻は言って、え、ほんとに大きい、ともう一度言って、笑った。

ずっと寝てたんだけど、さっき起きた。なんか大きいでしょ。

なんでこんな大きくなったの?

えーわかんないよ。

表で煙草を吸っていたチコが入ってきて、ベッドに飛び込むと由里さんからハルちゃんを奪い取るように抱きしめて、頬をすり寄せた。もう、やめて、チコ、手洗ってからにして、と由里さんは顔をしかめ、そう言いながらもハルちゃんをチコに任せてキッチンの方に立った。

遅いけど、ご飯まだでしょ？　と訊かれて、私と妻は顔を見合わせた。まだです、と私が言った。

昼前にロンドンのヒースロー空港を出て、ローマのフィウミチーノ空港には二時くらいに着いた。空港でペルージャ行きのバスを探すのに手間取って右往左往し、ゆっくりご飯を食べる時間はなく、疲れと不安とトラブルで険悪な雰囲気になり、空港のベンチでほとんど無言のままふたりはサンドウィッチを食べたのだった。

それからどうにかバスを見つけ、午後五時にペルージャ行きの長距離バスに乗った。ローマを出てペルージャまでおよそ五時間。車内は清潔で涼しく快適だったが、空港で買った水があっただけで、途中なにか買えるような場所も時間もなかった。到着したペルージャの停留所で迎えに来てくれたチコと無事に会い、チコはなぜか途中でバーに寄ってビールを一杯飲んだ。私も飲んだ。歓迎に、ということらしかった。それでそこからチコの荒い運転で一時間ほど山を上ってきた。

山道も、由里さんとチコの家のまわりも、家の灯りがあるだけで、真っ暗だった。隣に一軒、年配の男性がひとりで住んでいる家があるが、それ以外はいちばん近い家でも山道を何百メートルか行った先になるという。時計を見るとまだ十二時前なのだったが、暗さと周囲の静けさ、そして今日一日の移動と混乱と恐怖が合わさった疲れで、もうとっくに日付も変わった時間帯の感じがしていて、そこに由里さんが、ご飯、と言うのを聞いたとたんにやたらと安心がわいてきて、座っていた腰から力が抜けて落ちていくみたいだった。空腹であることに気づいたというよりは、忘れていたお腹のなかの胃袋の存在やその空洞を思い出させてもらったみたいだった。

外からのドアを入ったところが食堂のような部屋になっていて、壁際にベッドが置いてある。夫婦は、テーブルについて、ベッドに寝そべりハルちゃんと遊び続けるチコを眺めていた。由里さんが運んできたのは、黒いリゾットのようなものが盛られた大皿と、山盛りのサラダだった。

わー、と夫婦は声をあげた。サラダには赤と緑のキャベツのような葉や、細切りのにんじんなどが入っていて鮮やかだった。きれい、と妻が心から嬉しいときの声の出し方で言った。ビールも飲むでしょ、と由里さんがまたキッチンに戻っていき、飲みます、と言う私に妻が小声で、この黒いのってイカスミかな、と言った。

私は、どうかな、と応えた。米はたしかに真っ黒で、イカスミのリゾットみたいでもあった。けれども米に混ざって小さく切ったブロッコリーも入っていて、イカスミだったら和えただけだとしてもブロッコリーも黒くなると思う。でもブロッコリーは鮮やかな緑色のままだったから、イカスミじゃないと思ったが、しかしじゃあなんなのかと言われてもなんだかわからない。そしてそんな細かい分析をいま説明する気にはならなかったので、イカスミじゃないんじゃない、とだけ言った。

由里さんがステラの瓶とグラスを持ってきた。あとお味噌汁もあるけど、いる？　と由里さんは言い、お味噌汁！　と夫婦は思い、食べたい、と妻が言った。

今朝までいたロンドンには、私の高校時代の友人のけり子の結婚式に招待されて来た。結婚相手がロンドン育ちのジョナサンで、ジョナサンは東京とロンドンを行き来しながら仕事をしていて私たちもこれまでに東京で何度も会ったことがあった。両親のいるロンドンでも結婚のパーティーを行うことになったので、私たち夫婦や友人たちが招かれた。ジョナサンはロンドン育ちだが、彼の両親はスリランカからロンドンに移住してきたひとたちで、結婚式はスリランカのスタイルで行われた。ロンドンでは、七日間の滞在のあいだ、東京から一緒に来た窓目くんと皮ちゃんと四人で行動をともにした。

窓目くんはけり子と同じく高校の同級生で、皮ちゃんは窓目くんの友達で私もいつの間にか親しくなっていたが、窓目くんと皮ちゃんがいつどこで知り合ったのかはよく知らない。聞いたかもしれないが忘れた。中学や高校の頃と違って、おとなになると親しいひととの親しさにおいて、どこで出会って、どういうふうに親しくなったかという歴史とか物語は重要でなくなって、あれ、私たちどこで仲良くなったんだっけ、まあそんなことはどうでもいいか、みたいなことが増えるよね。

そう？　私はよく覚えてるよ。たとえば由里さんと一緒に働いてた頃のこととか。

晴れ間ね。あそこはほんと、どうしようもなかったよね、と由里さんは言った。

妻と由里さんは専門学校の先輩後輩で、ふたりが二十歳くらいの頃に、学芸大学だか都立大学だか、そのへんにあった晴れ間という居酒屋で一緒にアルバイトをしていた。ふたりとも専門学校は途中でやめて、由里さんはワーキングホリデーでロンドンに渡り、妻は町工場みたいな会社で働きはじめた。

という、私の知っている彼女たちの歴史が全部正確かわからないが、妻と由里さんにとってふたりが出会ったその頃のことは全然どうでもよくはないらしく、私の知らないひとの名前や出来事を、ふたりは呆れたように笑いながら語りはじめ、私はビールを飲みながらその話を聞いていた。

チコは依然としてハルちゃんに顔を近づけてなにか言ったり、反応を受けて笑ったりしていて、私はそれも見ていた。彼は日本語はほとんどわからないらしいので、私たちがなにを話していてもたぶんわからない。

あれ、私なにしようとしてたんだっけ、と由里さんは言い、あ、お味噌汁だ、とキッチンに戻りかけて、ベッドのチコに、もうお願いだから手ぇ洗って、と日本語で言った。チコはブラジル生まれのブラジル人で、ふだん由里さんとチコのコミュニケーションは英語が中心らしいと妻が言っていたし、さっき由里さんは、Wash your hands、と言っていた気がするが、手ぇ洗って、なんて日本語で言ってもわかるのだろうか。それともほとんど私たちに聞かせるみたいに、由里さんはそう言ったのだろうか。しかし夫婦なら毎日同じような場面で同じようなことを口にすることは多いはずで、チコも言われていることはだいたいわかっているのかもしれない。

由里さんがお椀に入った味噌汁と取り皿を持ってきてくれた。木の箸を少し懐かしいような気持ちで手にして味噌汁に口をつけると、おいしくてまた腰が砕けるような感覚になり、夫婦揃ってため息のようなものを漏らした。入っていたのは茄子で、お味噌汁を身に含んで柔らかくなっていて、そのさまがいまの自分たちととても似ていて、うまいとかそういうこととは別の、安堵に似たよろこびがあった。

この黒いのはなんですか？

それはお米だよ。

お米が黒いんですか。

そう。ああ、日本にはあんまりないよね。食べてみそ。

言われて、小皿によそって食べてみると、これもおいしかった。黒いお米は、白米より少し固く、締まったような感じで、ぷちぷちとした食感。白米のような甘味があるわけではなく、玄米とか粟を炊いたのみたいに香ばしい穀物の味がした。おいしい、と夫婦は胃袋の底から声を出すように感嘆した。早起きして大きな荷物とともに空港に行き、ボディチェックを受け、イタリアの空港で散々迷った挙げ句、間違ったバスのチケットを窓口のちゃらちゃらした女たちに半ば騙されたみたいな形で買ってしまい、打ちひしがれ疲れ果てながらもどうにかバスに乗って、日本の東北道みたいな寂しい景色の寂しい高速道路を五時間、夕暮れからすっかり夜になるまで乗って、チコの運転で死ぬ思いをして、という今日の出来事がお腹のなかでふやけて溶けていくようだった。

日本ではなんて言うんだろう、イタリアではリゾネロって言って、よく売ってるんだけど。riso はライスで、nero は黒。

黒米って日本でもたまに売ってるけど、こんなに黒くない気がする。もっと紫色っぽい。土地が違うと、野菜とかも全然違うしね。あとお水も。イタリアは硬水だから。

感嘆しながら食べる私たちを見て、これ、あげるから日本でもつくってみたら、と由里さんは紙の箱入りの黒米を持ってきた。妻に頼まれて、レシピをメモ帳に書きながら、あー久しぶりだから日本語がうまく書けない、と言った。メールとかはスマホで打つけど、鉛筆とかペンではほとんど書かないからなあ。はいこれ。

1、たくさんのお湯に塩。塩強め。

2、米（洗わなくてもOK、さらっと洗ってもいい）投入。

3、18分ゆでる。

4、固ければもっとゆでる。

5、いいなと思ったらザルで水切り。

6、その後、チャーハン的に作る。

私ふだんお肉食べないから、今日はブロッコリー入れただけだけど、肉とか魚入れてもおいしいよ。

これ味はなにでつけてるんですか？　と私は訊いた。薄味だけれどもの足りなくない、いい味だった。オリーブオイルと塩、と由里さんは応えた。で、すこーしだけお醤油入れてる。あとは今日は入れてないけど、好きだったらニンニクとか唐辛子とか入れてもいいね。

このへんでは日本の食材はまず手に入らない。味噌やら醬油やらは、日本に帰ったときに持ってきたり、実家のお母さんがまとめて送ってくれるのだという。

まあアマゾンとかも使えるけど、でも日本みたいにすぐ来ないし。郵便とかも全然あてになんないんだよ。このへんは山のほぼいちばん上の方なんだけど、家が少ないから山の途中に郵便とか宅配便の荷物が全部集まるところがあって、で、そこから配達屋さんが届けてくれるんだけど、何日も持ってこないからこっちから取りに行ったり、イタリアはほんとそういうとこいい加減なんだよ。

チコが立ち上がって、キッチンに向かうと、ビールを持って戻ってきた。私と妻に瓶を差し出し乾杯をした。

イタリアで乾杯ってなんて言うか知ってる？　と由里さんが笑いながら言い、チンチンって言うんだよ。それで私たちは、もう一度、チンチン、と言いながらチコと杯を合わせた。

チコと入れ替わりにベッドに移った由里さんは、ハル寝ないのか、茜たちが来たから嬉しくて寝られないねえ、とハルちゃんに話しかけていた。仰向けになったハルちゃんの体の上には、両脇の支柱にわたされた棒とそこにぶら下がったくす玉みたいな透明の球があり、ハルちゃんは大きく見開いた目でその球を見ていた。球を揺らすとなかに入っている色つきの小さな球が転がったり、音が鳴ったりする。

あ、お土産、と妻が言って、私は荷物を置かせてもらった寝室のバッグから由里さんへのお土産を持ってきた。神保町の本屋で買った布製の絵本で、主人公のクマが散歩に出かけると、カメに出会ったり、チョウチョに出会ったり、自動車とすれ違ったり、池に出たりする。

カメの甲羅の部分はもこもこと中綿が入ったようになっていて、押すと気持ちがよく、フェルトのチョウチョは栞のように取り付けられた布紐の先につけられていて、飛んでいるように自由に動かせる。茂みを触るとやはり内側に音の鳴る素材が仕込まれていて、カシャカシャと音がする。それをめくるとカニが現れて、カニに鼻を挟まれたクマは救急車で病院に運ばれて、みたいな話で、由里さんはとてもよろこび、ハルちゃんを抱き上げて膝に乗せ、それを開いて見せた。

私と妻もベッドの横でハルちゃんの様子をうかがう。由里さんとチコには笑ったり、なにか声を発したりと反応するが、私と妻に対しては泣きも笑いもせず、少し驚いたような表情を崩さなかった。絵本を眺める様子も、興味深げではあるものの、よろこぶというよりはじっとなにかを吟味するようで、泰然としていた。頰の張った丸い顔に、よくお肉のついた大きな体の印象もあってか、赤ん坊とは思えないなんだか会社の重役みたいな風格がある。由里さんがひらひらとチョウチョを動かすと、ハルちゃんは手を伸ばしたが、その様子も夢中になるというよりは余裕綽々で、チョウチョを手渡され、それを変わらず目を見開き、口を、お、の音の形にしたまま眺め、それから私たちの方になにか問うように顔を向けた。その方がこれを持ってまいったのか。妙なるものじゃの、と妻が言った。

よろこんでんのかな、と私は言った。

くるしゅうない、ささ、近う寄れ。

それじゃ殿様じゃない。イタリア生まれなんだから、法王がいいんじゃない。

ハル法王。

ハル、法王だって、すごいねえ。

あ、あとこれは由里さんに、と妻はもうひとつの袋を渡した。入っているのはプラスチックのジップ付き保存袋で、事前に妻が由里さんからリクエストされていたものを買って持ってきた。

うわー、ありがとう。超助かる、と由里さんはサイズ違いに何種類か買ってきた箱を抱えた。これがねえ、ないのよこっちには。

聞けば、料理や食材の保存に使うのではなく、ハルちゃんを外に連れ出すときに大変便利なのだという。哺乳瓶とかタオルとかウェットティッシュとかおもちゃとか、細かい荷物がたくさんで、それを小分けにでき、なおかつ衛生用品も清潔にしまっておける。透明で視認性が高いのも重要で、出先で急になにかをこぼしたり、拭いたりしたいときにも、手早く探して取り出すことができる。

前に日本でまとめて買ってきたんだけど、使ってるうちに破れたりこのジップが壊れたりしてなくなっちゃって。とにかくさあ、出かけたらもうトラブルばっかりなわけよ。こぼすし吐くし漏らすし。で、あっちこっち触りたがるからちょこちょこ手も拭いてやんないとだし。ベビーカー片手にこの子抱いてるから、基本どんな動作も片手でやんなきゃでしょ。もうそんなことやってみるまで全然想像できなかったけど。

ハルちゃんは自分を抱く母親がそんなことを話しているのをわかっているのかいないのか、

いやわかっていないと思うけれども、やっぱりなにもわかっていないとは思えないような表情と佇まいで、もしかしたらすべてわかっているのではないかとさえ思えてくる。

抱っこしてみる？　と由里さんは持ち上げたハルちゃんを妻に渡した。ベッドに腰かけてハルちゃんを抱いた妻は、重い、と笑って、二の腕に頭を乗せたハルちゃんの顔をのぞいた。変わらぬ余裕の表情。

生まれたときから粉ミルクで育ててるからってのもあると思うんだけどね。大きいのは。

由里さんは持病で飲んでいる薬があるため母乳はあげておらず、生後すぐから粉ミルクにしていた。

まあ、それにしたってでかすぎだけどね。一応健診では問題ないって言われてるんだけど。チコなんかなにも考えずにどんどん飲ませちゃうし。

チコは食卓に腰掛けて煙草の葉を紙に巻いていたが、自分の名前が聞こえてこちらを向いた。

チコさんも子育ては手伝ってくれる？

くれるけど、気ままだからね。あんまアテにしてないよ。

由里さん、むかしより繊細になったね。

そお？

なんか、たぶん。

そうかもね。ロンドンにいた頃はもっといい加減っていうか、私もチコみたいな感じで生きてたかもだけど。ていうかやっぱりこっち来て、妊娠してからいろいろ神経質になったかもね。こんな山奥で子ども育てるとかも。

いやー、私だったら絶対無理。考えられない。不安でおかしくなっちゃうと思う。

でも、茜だってむかしは結構ハードじゃなかった？

そうだったかも。

あとチコがあんなでしょ。ふたりともふらふらしてたらさすがにヤバいもん。

チコさんはお仕事はなにしてるの？

この山でハチミツつくってるところがあって、いまはそこの仕事してる。

ハチミツ。

私ちょっと煙草吸ってくるから、ハル見ててもらっていい？

いいよ。煙草はやめてないんだね。

煙草はやめられないんだよね。妊娠中はやめてたけど産んでからはまた吸いはじめちゃった。茜は？

私はやめたよ、何年か前に。

やめたんだ。仁くんは？　吸わない？

僕もだいぶ前にやめました。

由里さんが表に出て行き、チコもさっき巻いていた煙草を手にしてあとを追いかけるようにドアに向かって、ドアの前で、ハルちゃんを抱いた妻と私に、任せていいか？　と言うようなジェスチャーをして、妻は、OK、と応えた。それから私に、吸うか？　と訊いたが、私は、NO、と応えた。

抱っこしてみる？　と妻が私にハルちゃんを渡した。受け取って、前を向かせ、膝に乗せてみると、なるほど重たい。十一キロなら、二、三歳の子どもよりは軽いだろうけれど、この子は二、三歳の子を抱くよりずっと重く感じる。比重が違う感じ。実際には比重が違うわけはないのだが、二、三歳の子の手足の長さや背丈を持たないハルちゃんの重さは主に胴体まわりによるので、その厚みや年齢と表情に合わないその量感が、抱いている腕や背中に驚きをもたらす。そしてそれを重みと感じるのか。体を支える手を、脇の下から、脇腹へ下げてみる。なにか安心感さえ感じる胴回りだが、まだひとりで座っていることはほとんどできないと聞いたとおり、お尻だけでは重心が落ち着かず、脇を抱え直して少し体を横に向け、顔を見てみた。こちらを向かず、前にいる妻の方をじっと見ていたので、私も妻の顔を見た。今日一日気を張っていた疲れが見てとれた。由里さんと会ったのは十五年ぶりくらいで、こんな日に重なればそんな時間の長さや懐かしさも疲れになるだろう。

さっきは由里さんに訊かなかったんだけど、と妻が顔を私の方に向けて言った。

なに。

むかし由里さんと一緒にバイトしてた居酒屋に、ハルさんってひとがいたのね。常連のお客さんで。女のひと。そのひとが、もう店に来る男のお客さんほとんどとやってるのね。

ハルちゃんを抱いて、微妙な表情をしている私を妻は見て、お客さんだけじゃなくてね、と続けた。私が早番で店に行ったら、店の入り口に上がる階段があるんだけど、その階段上がったところでハルさんと店長が抱き合っててね。抱き合ってててっていうかもう完全にセックスをしてたのね。

それも疲れのせいなのか、妻は視点が定まらず、なにか自分の意志でしゃべっているのではないような、むかしの自分に憑依されたみたいに話し続けた。私は、いくら言葉を、まして日本語を理解しないだろうとはいえ、なぜハルちゃんの前でそんな話をするのかと思ったが、なんだか気圧されて口を挟めなかった。ハルちゃんは変わらず悠然とした構えで、妻の告解でも聞いているかのような雰囲気だった。

まあでも、あのハルさんとこのハルちゃんは全然関係がないんだけど。

そりゃそうだよ。なんでハルって名前にしたんだろうね。

春が好きだからじゃないかな。

春が好きなの？　由里さん。

知らないけど、春はみんな好きでしょう。ねえ、ハルちゃん、と妻はハルちゃんに顔を近づけた。あなたはなんでハルちゃんって言うのかな。

ハルちゃんが、いやとも楽しいともつかない、おお、という小さな声をあげた。妻は、おお、と驚いたような顔をつくって繰り返してみせ、するとハルちゃんがまた、同じ、おお、という声をあげた。さっきわずかのあいだ、少し異様に感じた妻の様子はもう消え去っていた。

チコと由里さんがドアから入ってきて、お、ハルいいね、仁くんに抱っこされてるんだ。よかったねえ、と笑いかけた。ビールまだ飲むなら持ってくるよ、と言い、私は礼を言って頼んだ。

チコがまたハルちゃんに顔を寄せて、ハル、ハル、ハルー、と節をつけて歌うと、ハルちゃんは、おおお、と嬉しそうな声をあげて、私がチコにハルちゃんを渡すと、ベッドに仰向けに寝かせて覆い被さるように座り、ハル、ハル、ハルココ、ハル、ハル、ハルココ、と歌いながらハルちゃんの両手を持って踊らせた。由里さんがビールを持ってきて、チコ、手洗って！　とまた言う。Chico, wash your hands!

チコは返事はせず、ベッドを降りると、キッチンの横の廊下を歩いて奥に行った。

もうほんとに、毎日十回くらい本気でむかついてる。

けんかする？

するよ。毎日だよ。私も怒るし、チコも怒るし。

チコさんはブラジルで育ったの？

そう。で、十代の頃にロンドンに来たのかな。あんまり細かくは知らないんだけど、お母さんはイタリア人で洋服のデザイナーなのね。チコのお父さんと結婚したけど別れてロンドンに来て、で、ブラジルって最近は経済成長がすごい感じだけど、ちょうどチコが若い頃はすごい状況が悪かったから、それでチコはお母さん頼ってロンドンに来たみたい。私はワーホリでロンドンに来て、いろいろやったけどチコのお母さんがやってるブランドの店で一時期働いてたのね。チコもそこで働いてて、働いてていうか、あんな調子だから、遊んでるみたいに見えたけど私からは。この家はもともとお母さんのおばさんだかが住んでた家でね、もうなくなったんだけど、イラストレーターだったんだって。そこに飾ってある絵がそうだよ。

と指さされて見ると、馬に乗った男性の斜めに切り落とされた写真と、寒そうな海の前でポーズをとるひとの写真、バンドデシネみたいなカラーの漫画のコラージュが額装されて飾ってあった。

なんだかよくわかんないけど。それで、私とチコが結婚して子どもができて、ロンドンは家賃も高いし、仕事もないし、思い切ってここに越してきたの。そっちの廊下の奥、カーテンで仕切ってあるけどつながってて、向こうはお母さんの家。まあ二世帯住宅みたいな。住んでたおばさんの旦那さんが建築をやってたんだか大工さんだったかで、自分たちでこの家つくったみたい。

じゃあお母さんも向こうにいるんだ。

そう。でもいない日もあるし、顔合わせない日もあるし。二週間ぐらいどっか仕事で出かけてたり。お互いそこは適当に。

お姑さんだ。

そう、だけどそんな感じだから私は別にそんなにストレスはないかな。むかし一緒に働いてたし。どっちかって言うとチコとお母さんのほうがいろいろあるね。小さい頃に離婚して、しばらく離れて暮らしてたから。いつだったかふたりで大げんかして、大げんかったたって言い合いなんだけどさ、そしたらチコが、自分を捨てたくせに、みたいなことをお母さんに言うのよ。それでお母さんもなにか言い返してたけど、イタリア語だから私完全にはわかんないんだけど。

チコが携帯電話で誰かとなにか話しながら戻ってきた。

まあそんなこんなでいろいろありつつ、どうにかやってるけどね。まあでもお金もないし、日本に帰ろうかってのも結構真剣に考えてる。

日本で。チコも。

チコも……まあチコも一緒にだけど、日本であのひとがやっていけるかどうか。由里さんは仰向けのハルちゃんをのぞき込み、あ、ちょっと眠そうになってきた、と言った。

チコは戸棚の引き出しを開け、なかをがさごそしながら電話でなにか話し続けていたが、終わったらしく電話を切って、その場に立ったままなにか考えごとをしているみたいに宙を見た。

茜、お茶飲む？　あったかいの。

飲む。

オッケー。ちょっと待ってて、と由里さんは立ち上がってキッチンに向かいかけたが、あ

あそうそれであらかじめ言っておくと、と私たちの方を振り返った。うちでは葉っぱを育てています。

なんの？　と妻が訊き返すと、大麻、と由里さんは応えた。ああ、と妻は返した。庭で？　庭じゃないよ。チコ、と由里さんはチコに声をかけ、なにか英語で言った。チコは、ふん、と返事をして、私を手招きし、中二階の寝室の方へ階段をのぼった。階段には、読書家だというチコの本が各段に横積みされて、大変な量があった。村上春樹や村上龍、三島由紀夫などの英語版もあった。

チコは寝室の隣の、布を垂らして仕切られた部屋を指さし、布をどけ、その奥の暗幕のようなカーテンを開くと、なかは蛍光灯のような青白い灯りがついていて、四畳半ほどの部屋の床に鉢植えが十数個、整然と並んでいた。なるほど、大麻だ、と私は思った。あのよく車のバックミラーにぶら下がっている芳香剤とも、アジアン雑貨の店とかで飾ってあるTシャツの柄とも同じ形の葉っぱだった。

チコが、ずっと明るくして、温度も保っておく必要がある、と英語で言った。だから、カーテンをして、部屋を閉じている。だからこの部屋は開けないでくれ。

私は、OK、と言った。

もし欲しければひと鉢持って帰れ。

私は笑って、サンキューと言い、これはまだ小さい？　と訊いた。

まだ小さい。もう少し大きく育ててから、葉っぱを乾燥させる。

見せてくれてありがとう、と私は言い、チコは慎重にカーテンを閉め、ふたりで食堂に戻った。

あった？　と妻が言い、私は、あった、と応えた。

チコはあたたかい時期はハチミツ農家の仕事があるが、寒い時期にはその仕事を失う。するると収入がなくなるので、大麻を栽培しそれを売って金にしている。

大麻って、イタリアも違法？

違法だねー。茜たちは葉っぱも吸わない？

吸わない。

そうか。私も煙草はやめたいんだけど、葉っぱはナチュラルだしこっちはやめたくないんだよね。

カム、とチコが私をまた手招きして、今度は短い階段を下って半地下になった廊下の横の部屋に入り、そこはチコの部屋だそうだが、机の引き出しから茶色い葉が入った袋をいくつか取り出した。これがさっきの葉っぱを乾かしたもの。

さらに細かい、お茶っ葉を丸めたようなものが入った袋も見せてくれた。乾燥が大事だ、とチコは言った。乾燥がうまくいけば、高く売れるし、味もいい。乾燥がへただと、安くしか売れないし、味も悪い。

これは？

最高だ。

じゃああなたはたくさんお金を得られるね。

そうだ、と言ってチコは片手を上げて、私とハイタッチをした。チコは大切そうに袋を引き出しにしまって、ふたりで食堂に戻った。いま見た乾燥大麻を入れた袋は、今日私たちが持ってきたあのジップ付き保存袋と同じだった。

ハルちゃんは眠ったらしい。チコは、疲れたから寝る、と言って自分の寝室に行った。私はもう一本もらったビールを飲んで、由里さんにシャワーの場所と使い方を教えてもらい、シャワーを浴びた。

チコは、ロンドンに暮らしていた頃から、ふと思い立つとふらりとどこかへ旅に出てしまう。しばらく連絡がつかないと思ったら、いまアルゼンチンにいる、とメールが来たりする。自転車でヨーロッパを一周する旅に出たこともあった。二か月くらい経った頃、ポルトガルでサッカーをしていたら転んで足の骨を折って飛行機で帰ってきたこともあった。ほんとあんなひとと一緒にやっていけるのか不安、と由里さんは言ったというその話は、私がシャワーを浴びていたときに妻が聞いた。

スリランカロンドン

二階に用意してもらった寝室で夫婦が寝ついたのは夜遅くで、翌朝、八時過ぎ頃、先に起きた夫が一階に下りると、リビングのベッドにはハルちゃんが仰向けで寝ていた。

おはようございます、と顔をのぞくとハルちゃんは起きていた。ゆうべと同じような、余裕と慈しみを感じさせる法王のような表情をしていて、小さな目で夫の顔をじっと見た。キッチンから由里さんがいるらしい音がした。

夫はドアを開けて表に出た。外は快晴で、濃い青色の空が広がっていた。上着を着ないで、薄手の長袖のカットソー一枚だったから寒いかと思ったが、空気はひんやりしていても日射しが強いからちょうどよくて、気持ちがよかった。

家の前の砂利道に立って周囲を見た。ゆうべは真っ暗でなにも見えなかったが、木々に囲まれた由里さんとチコの家の壁はきれいな乳白色だった。屋根には茶色い陶製の瓦のようなものが葺かれていたが、半円型で日本のとは形が違った。屋根からレンガの煙突がふたつ突き出ていて、リビングの薪ストーブから伸びていたやつだ、と思い出す。九月ならまだストーブは必要ないが、もう少ししたら外も家のなかもぐっと冷え込むからストーブは必須だとゆうべ由里さんに聞いた。家に電動のエアコンはない。数十メートル離れたところにもう一軒家があって、なにかごちゃごちゃ物が置かれたテラスが見えた。その家には変なおじさんがひとりで住んでて、猫をたくさん飼ってる、とこれもゆうべ由里さんが言っていた。なにか言動がおかしくて、全然コミュニケーションがとれないらしい。山の道路から脇に入って、そのさらに脇に入ったこの砂利道には、その猫を飼っているおじさんの家と、由里さんとチコの家しかない。

木々に囲まれている。日本でも木や花の名前がよくわからないのでイタリアの山のなかでもわかるわけがないが、なんとなく日本と植生が違うのはわかった。杉とか松とか銀杏とか欅とかみたいに背の高い木はなくて、栗とか柿とか、果樹くらいの高さの木が多かった。だから山深い場所からでも空が広く開けて見えた。

砂利道を奥へと歩いていくと、間もなく道がなくなって下り斜面の林になった。林のなかにも獣道みたいな歩けるルートがあって、林のなかを少し下っていったところにもう一軒家があるが、以前は別荘だったらしいそこにはもう何年も誰も住んでいない。夫は今日の夜、真っ暗ななかチコとその家のそばまで探検に行ってそれを知るが、まだ朝だからそのことは知らなかった。道の切れた場所から下っていく斜面とその先の林を眺めるだけで家まで戻ってきた。そこからは林のなかの家も見えない。

由里さんたちの家の裏手は低い崖になっていて、石を組んで造られたテラスは家の前の砂利道にも面していて、そこから家の裏手にまわり込んでいる。崖をのぞむ位置にある家の裏手からは木々に視界を遮られることなく景色が眺められた。そこに立つと家が高台の突端に建っていることがわかった。見下ろすと、十メートルほど下に林の木々の頭が見えた。家の裏手のテラスには小さな木のベンチと、ひとり掛けの木の椅子が二脚、眼下に林の広がる方に向けて並べて置いてあった。崖の下は山の麓へと下っていくのではなく、ずっと奥へとゆるやかな起伏を伴いながら続いていた。地図を見てもよくわからなかったが、このあたりはたぶん同じくらいの高さの山が連なっていて、ゆうべ車で上ってきたときのことを思い出すとたしかにかなりの山道だったと思うけれど、上りきってしまうと高原みたいに平たくて起伏が緩やかで、その地形が遠くまで見通せた。木々の葉や草の色によって緑色は変化していき、砂利道から見たよりも空の色は薄く感じた。見える範囲が広いと色が薄まるのか、それとも広い分、そこここに見える薄い雲が印象を白い方へ動かすのか。この山には、オリーブとかユーカリみたいな白みがかった緑色の葉が多いように思われて、その印象が日本の山や木々とは違う感じをもたらしていた。

なになにみたい、と自分の知っている名前の木や植物でしか目の前にある木や植物の名前を見られないのはもどかしい。木や植物の名前を多く知っているひとが名指すことのできることを、直接名指すことができない。花の名前とか、鳥の名前とかにも同じことが言えて、いまどこかで鳴いている鳥の声が聞こえるけれども、鳴き声だけではなんという鳥の声かわからない。鳩のようだが、東京で聞く鳩の声とは少し違う。場所が変われば同じ鳩でも鳴き方は変わるかもしれないし、変わるのは聞こえ方の方かもしれない。姿を見てもわからないかもしれない。しかし名前を知っていたら、こうしたような鳩に似ているけど少し違う、わからない、みたいなことも思わずに、すっとその名前だけが浮かぶのであって、名前をたくさん知っているのと、知らないのとでは、思考の道のりが全然違う。と、はるばるイタリアのペルージャの山のなかまで来て、そんなまとまりのないことを考えているのを夫は不思議に思った。日本でも木や鳥の名前がわからないたびにそう思って、思うたびにだからどうだという結論に行き着かないまま忘れる。

テラスに出る家の戸が開いた。びっくりしてそちらを見ると、なかから金髪の女性が出て来た。チコのお母さんだった。もともとこの家はお母さんの親戚が住んでいた家だった。由里さんはむかしロンドンでファッションデザイナーをしていたお母さんの店で働いていて、そのときにチコにも出会った。一軒をこっち側と向こう側と半分ずつ分けるみたいにして住んでいる、とゆうべ廊下に垂らしたカーテンの仕切りを指差して由里さんは話し、そのときにお母さんの写真も見せてもらった。チコの母親とは思えないほど若く見えた。何歳なのかは知らないが、どんなに若くても五十代には違いない。実際目の前にしても、そんな年には見えなかった。お母さんはTシャツにゆるいジーンズ、サンダルという格好で、煙草をくわえて家から出てきた。夫に気づいて一瞬驚いたようだったがすぐにチコの友達だとわかったのか、にこっと笑顔をつくり、ハーイ、というように手を上げて見せ、もう片方の手で煙草に火を点けた。背が高くてすらりとしたスタイルも、身のこなしも、スマートで格好よかった。

煙草の煙を一回吐いたあとで、お母さんが英語でなにか言った。由里の友達か、と訊いているようだったので、私の妻が由里さんと古い友達、と応えた。お母さんはうなずいて、東京から？　とまた訊くので、夫はそうだと応えた。家の脇の崖沿いから生まれたばかりくらいの小さい猫が歩いてきて、お母さんはそれを見つけるとしゃがんで腕を伸ばした。テラスにはいくつか猫のための皿が置かれていて、餌と水が入っていた。隣の変なおじさんも猫を飼っているが、お母さんも猫を飼っている。友達の結婚式がロンドンであったから、そのあとにイタリアに来た、由里さんとチコに会うために、という英文を頭のなかで考えながら景色を見ていたらお母さんはテラスに置いてあった椅子に腰かけ、夫にも隣の椅子を勧めた。子猫は砂利道の方へ歩いていき、その後ろ姿を目で追っているとその先にもう一匹子猫の姿が見えて、二匹は家の陰に隠れた。夫はお母さんの横の椅子に腰かけた。座面と脚の接合部が傷んでいて、きしむ音をたてた。

お母さんは夫に煙草を差し出したが、夫は煙草は吸わない。それからふたりは並んで景色を眺めた。お母さんが、英語でない言葉でなにか言った。英語でないことはわかるが、イタリア語だったか、ポルトガル語だったか、夫にはわからなかった。さっきの短いやりとりで、夫が英語ですら覚束ないことはよくわかったはずだから、そんな相手にイタリア語で、あるいはポルトガル語でなにか言って伝わると思っているとは考えにくいから、たぶんひとりごとか、伝わらないことを前提にお母さんはなにか言ったのだった。夫はむかし二年ほど、大学でポルトガル語を勉強したことがあった。だからそのときのお母さんのポルトガル語の言葉を理解できたかもしれなかった。しかし夫は、勉強したことをもうほとんどなにも覚えていない。だからいまのお母さんの言葉がポルトガル語だったのかどうかも判別がつかない。逆に、二年も学んだポルトガル語のうち、なにが夫のなかに残っているのか。その二年間、ポルトガル語は夫の体を通り抜けてきれいさっぱりなくなったのだろうか。花とか鳥といった簡単な名詞すら出てこない。でもポルトガル語だけではなく、日本語だってたくさん忘れて覚えていないから、木や鳥の名前が覚えられないのである。目にする木や鳥の名前を知らないのは、たいていの場合、一度も聞いたことがないから知らないのではなくて、何度聞いても覚えていないということだと思う。それがそれである特徴と、その名前とが紐付かず、名指すことができないまま、やがて時間が経って、外国語の単語を忘れるようにその名前を忘れてしまう。名前は忘れ、覚えていられない。文法は名前じゃないから、なんとなく覚えていられる。木や花や鳥の名前は、子どもの頃に覚えないと、なかなか覚えられない気がする、と夫は景色を見続けながら考え続ける。妻は夫よりも植物の名前をよく知っていて、一緒に歩いているとこれはなに、こっちはなに、と名前をたくさん言う。へえと応えると、これまでにも何度も教えたのに全然覚えないねと言われる。ていうか、なんでこんな花の名前も知らずにこれまで生きてこられたのか、などと言われる。夫は、自分のその知らなさと言えなさと、言えないことによって発生するこのような思考の道のりをあまりネガティブに捉えていないのだけれども、かと言って、知らないままでいい、とか、知らないでいることをなにか特権的なことのように考えるのは若い、と思う。若い頃はたしかに、そういう考えが自分にあった気がする、と夫は思う。十代、十九、二十歳の頃は。妻はまだ家のなかのベッドで寝ていた。妻が十九、二十歳の頃に知り合って同じ居酒屋でバイトをしていた友達が、ロンドンを経てイタリアの中部にある古い街の郊外の山のなかで、ブラジル人と暮らしている。彼のお母さんも一緒にいて、体の大きな法王のような顔をした赤ちゃんもいる。妻はときどきフェイスブックをのぞいて由里さんのそんな近況や暮らしぶりをうかがい知ることはできたけれど、実際に会いに行くには東京とペルージャという距離は大変な遠さだったし、もしかしたらその距離以上に、ふたりでバイトをして、しょっちゅう学芸大の由里さんのアパートに行って煙草を吸いながら酒を飲んだ頃から経ってしまった十五年以上の時間の方が遠かった。妻が夫と一緒に暮らしはじめたのはもう七、八年前になる。その夫が、高校のときに知り合って、その後もずっと付き合いが続いているからもう二十年近くになる友人のけり子が、何年か前に六本木のバーでイギリス人の男のひとと知り合って、仲良くなって、今年結婚することになった。そのイギリス人ジョナサンは国際弁護士として働いていて、いろんな国で仕事をするそのうちのひとつが日本だった。けり子と知り合ったときは日本の企業の法務部で仕事をしていた。仕事はいま、ロンドンと日本と半分半分くらい、だから一年のうち半分日本にいて、半分はロンドンの実家にいる、とジョナサンは言っていた。結婚式はロンドンですることになった。彼の家族はロンドンに住んでいて、ジョナサンはロンドン生まれロンドン育ちだが、彼の両親は若い頃にスリランカからイギリスに移住してきたタミル人だ。だからジョナサンのルーツはスリランカで、結婚式はスリランカの伝統的な様式でやることになった。けり子が結婚式を挙げるなんて、二十歳頃の夫には想像ができなかった。

でもそんなことを言うなら、結婚すること自体も、その相手がスリランカにルーツのあるイギリス人であることも想像はできなかったし、自分が結婚することも想像できなかった。十五年という時間はやっぱり長くて、思いもよらなかった方へとひとを動かす。東京へ、ロンドンへ、あるいはペルージャへ、あるいはスリランカへ。十五年経って、思いもよらなかった場所にたどりつかないひとなんていないるのだろうか。妻にとって由里さんはそんな長い時間を会わずにいた相手だった。こんな場所で再会するなんて思いもよらなかった。一緒に暮らしはじめて結婚した相手の高校時代からの友達が結婚した相手がイギリス人だったから、結婚式をロンドンでやることになったから、そのついでにイタリアに来た。ロンドンからイタリアまでも、ローマの空港からバスで五時間ほどかかったペルージャまでの距離も、ついでと言うには遠かったけれど、東京での毎日のなかに、まっすぐペルージャに行く時間や思いきりをつくり出すのはきっと無理だった。ロンドンで私たちはその結婚式に出席した。東京から、やはり高校の同級生だった窓目くんと皮ちゃんと一緒に飛行機でロンドンに来たんだ、と妻は思った。けり子さんも窓目くんも皮ちゃんも夫の友達で、自分はあくまで夫を介して彼らと出会った。それは自分の故郷の友達とか、故郷の友達の結婚式とはやっぱり違って、そんな距離のあるひとたちと一緒に海外に行って、結婚式に出席するなんてことも思いもよらなかった。窓目くんとはたしかにあちこちに出かけたりすることもあったし、けり子とも何年も前からの知り合いだったが、皮ちゃんのことはよく知らない。よく知らないので皮ちゃんも高校の同級生ということにしているが、本当は違って、しかしどういう友人なのか妻はよくわからないし覚えられないので皮ちゃんも高校の同級生でいいや、本当は違うけど、と思っている。夫は皮ちゃんとも実に親しそうにしているが、皮ちゃんといつからどうやって仲良くなったのかよく覚えていないし、皮ちゃんが誰なのかよく知らないと言っている。つまり夫が覚えていなくてちゃんと説明ができないから、妻も覚えられない。皮ちゃんは誰なのか。スリランカの伝統的な結婚式では、新婦の男兄弟が式のあいだじゅうずっと新婦の、つまりけり子の横についていなくてはならない。しかしけり子は男の兄弟がいないので、その場合は男の友人がその役を務めることになっている。窓目くんがその役になった。スリランカの結婚式はたいへんに華々しく、式自体も長時間に及んだ。並べられた椅子に座ってはじまりを待つあいだ、夫は窓目くんに託されたビデオカメラの操作方法を確認していた。妻は皮ちゃんと、式のあとにカレーが振る舞われるのが楽しみだ、という話をしていて、夫がカメラの練習がてらその様子を撮影した。今日はけり子の結婚式です、などとナレーションを入れる。高砂は宮殿のような舞台になっていて金飾りや金銀の器、花飾りや布飾りが施されていた。両脇には金の布を背中にかけた象がパオーンと鼻を持ち上げている像があった。象の鼻には花かごが掛けられている。そこにスリランカの正装をしたジョナサンとジョナサンの両親、近親の男性たちと窓目くんが、上半身裸で袈裟のような服を身につけた音楽隊三人とともに入場してきた。音楽隊は、クラリネットのような管楽器がひとりと打楽器がふたりで、ひとつはタブラのような小さい太鼓、もうひとつは横置きの大きな鼓のようなので、三人は舞台の横の演奏者用のスペースに座って、そのまま演奏が続いた。ジョナサンと窓目くんが中央に並んで座り、間もなく式がはじまるかと夫はビデオを回し続けていたが、なにもはじまらず演奏だけが続き、ジョナサンと窓目くんが舞台に並んで座っているだけの時間がそれから何十分か続いた。窓目くんは白いターバンのようなのを頭に巻いて、白い詰め襟様の衣装を着、まじめな顔でジョナサンの横にいた。肩には白いタスキをかけて、寝不足と連日の飲み過ぎで顔がむくんでいた。日本からの参列者はまじめに着席してはじまりを待っているが、ジョナサンの親戚たちはまだはじまらないのがわかっているのか、席を離れてあちこち歩きまわったり、立ち話をしたりしている。男性はスーツが多いが、女性はサリーのひとがほとんどだった。やがて会場後方にものものしい賑わいが生まれ、客たちも席に着き、ようやく飾りのたくさん付いた赤いサリーを着たけり子が、けり子の両親、ジョナサンの妹のジャスミン、ジョナサンの親戚の女性たちと一緒に入場してきた。窓目くんが自分の座っていた席をあけ、そこにけり子が座った。舞台上にはジョナサンとけり子、それぞれの両親、ジャスミン、そして窓目くんがいて、手前には式を執り行う上半身裸の祭司のようなおじさんがいて、器に入った花を差し出したり、水をぱしゃぱしゃ散らしたり、儀式を進め、ジョナサンに、けり子に、両親たちに、そして窓目くんの額にも、顔料のような色をつける。夫は、そこにスリランカの衣装を着た同級生がふたりもいることを不思議に思い、自分がどこにいるのかわからなくなる。日本かロンドンかスリランカ。ジョナサンの両親はジョナサンが産まれる前にロンドンに来た。その日の朝、窓目くんの衣装の準備のために私たちはみんなでジョナサンの実家に行って、ジョナサンのおじさんとかおばさん、いとこ、ジャスミンとその恋人とか、座る場所がないほどに集まったジョナサンの親戚たちと一緒に、ジョナサンのお父さんとお母さんがつくったスリランカのカレーを食べた。彼らはみんなロンドンに住んでいる。スリランカはイギリスの植民地だったから移住者は多いが、現在イギリスもほかのヨーロッパ諸国同様に移民の増加が問題になっていて、スリランカからの入国も許可が下りにくい。だからスリランカにいる親戚や友人を結婚式に招くことはできなかった。英語で聞いた話だから、ちょっと理解が正確ではないかもしれない。インドと同じく、スリランカも一九世紀からイギリスの植民地だった。第二次大戦後の一九四八年にイギリスから独立するが、植民地時代から民族対立が続き、八〇年代には内戦に発展する。ジョナサンのファミリーは植民地時代には厚遇され、独立後は国から冷遇されることになったタミル人だから、イギリスへの移住はおそらくそういう背景があったと思うけれど、それは直接聞いたわけではない。けり子がいればけり子がジョナサンの言葉もジョナサンの家族の言葉も通訳してくれるが、結婚式の前夜から新郎と新婦は別々に過ごさなくてはいけないらしく、親戚でもなんでもない私たちがジョナサンの実家にいるのに、けり子はその日の朝はそこにいなかった。私たち夫婦と皮ちゃんがカレーを食べているあいだ、窓目くんはジョナサンの部屋で衣装に着替えていた。ジョナサンのお父さんがつくってくれたのは、そうめんのような麺にカレーやココナツなどをかけて食べる料理で、団子状の生地を日本のところてんをつくるような器具に入れて押し出すと、出口の穴からにゅるにゅると細い麺が出て来て、薄い円形にまとめたそれを蒸し器で蒸して、それにカレーやなんかをかけて食べる。タミル語でお父さんはアッパと言い、アッパは、私たちがおいしいと感激していると、もっと食べろどんどん食べろ、とお代わりを持ってきてくれる。皮ちゃんは体格は普通なのに大食いで、盛られたら盛られただけ食べるから、わんこそばみたいにきりがなくなった。着替えを終えた窓目くんが白い衣装でジョナサンと一緒に部屋に入ってきて、私たちは大笑いした。大笑いしながら、ロンドンで、夫の友達の結婚式の日の朝に、その結婚相手の実家でそれまで知らなかったスリランカの料理をはじめて食べている、そしてそれがとてもおいしく、窓目くんがスリランカの衣装を着て登場して笑っている、その全部の流れが不思議で、本当にこんなことは全然思いもよらないことだったし、想像しようと思ってもできないことだと妻は思った。夫ならそれに感動するし、実際にいま感動している様子なのが表情から見てとれた。けれども妻は夫と違い、思いもよらないことにそんなにポジティブに感動しない。いま目の前にある思いのよらなさは、人生に悲しみがいくらでも潜んでいるということでもあるから。それは怖さでもあるのだから。とはいえあの珍妙な朝、祝祭的な一日がなければ、由里さんとはもう二度と会わなかったかもしれない。あの由里さんと一緒に過ごした十九、二十歳頃のことも、思い出せなくなっていたかもしれない。ましてやイタリアのペルージャで、サッカーのニュースで聞いたことがあるくらいでどこにあるか、どんな場所かも全然知らなかった場所で由里さんと会うなんて、全然想像しなかった。自分の人生に思わず訪れた変テコでおもしろく、たぶん好事として捉えていい出来事だと思った。

チコのお母さんは煙草を吸い終えて、手を振って家に入っていった。夫も椅子から立ち上がって、家に戻ると、妻が起きていて、ハルちゃんを抱っこした由里さんとリビングのテーブルで話をしていた。おはよう、と声をかける。おはよう、とふたりが返す。

散歩してきたの。

そう。いい天気。

朝ご飯にしよう、昨日の夜の残りだけど、と由里さんが席を立って、抱いていたハルちゃんを妻にわたした。重い、と妻が思わず笑う。ハルちゃんは悠然とその顔を見つめる。

チコは昼頃に起きてきて、午後に一件仕事をしに出かけた。チコが戻ってきてから、チコと由里さんは私たちをトージという街まで車で連れて行ってくれた。中世から残るという古い建物や石畳の通りを見て歩き、夜はペルージャの中心街というところまで連れていってもらってレストランでディナーを食べた。近くに大学があって若いひとの遊び場も多い場所、と教えてもらったが東京で思い浮かべるそういう場所とは全然違って、午後に見たトージと同様そこここに古い建物が残っていてバーやレストランもそういう建物のなかにある。チコが、あちこちの店を何軒ものぞいてメニューを眺め、ここがいいと決めたトラットリアはなにを食べてもべらぼうにおいしかった。

ハルちゃんは目の前に料理があると気になるからどんどん手を伸ばして食べようとする。体の大きさだけ見たらなんでも食べられそうに思えてしまうが、パスタもグリルも食べられなくてまだミルクしか飲めない。店に入ると活発になったハルちゃんを抱いていると由里さんは全然食べられず、みんなで順番にハルちゃんを抱いた。夫が抱くと、夫の指をがぶがぶ噛んでミルクを飲むように吸った。チコは抱っこをしながらもワインを飲み、自分が食べるのもやめない。妻はその様子がおもしろくて、スマートフォンで並んで座った由里さんと家族三人の写真を撮ろうとした。そしたらその瞬間にハルちゃんがチコの食べているトマトソースのパスタに手を伸ばして、由里さんがそれを大慌てで止めようとする。ハルちゃんを抱えてもう片方の手でワイングラスを持っていたチコは、口いっぱいのパスタをもぐもぐさせたまま慌てている、そんな三人の瞬間が写真に写った。

帰りの車のなかで、チコはまたボブ・ディランを流して、一緒に歌い、助手席の由里さんに、うるさい！　と怒られていた。チコの運転は昨日の夜にバス停から夫婦を乗せてくれたときと同じでものすごいスピードだった。私たちはハルちゃんのチャイルドシートと一緒に後部座席にいて、スピードが上がるたび昨夜と同じように妻が緊張しているのが夫にはわかった。

チコは怒られても歌が流れ続けていれば、そのうちにまた一緒に歌い出す。そして歌っているうちに気持ちが昂ぶるとチコはどんどんカーステレオの音量を上げ、外まで聞こえるくらいの爆音にする。そうすると車のスピードも上がる。由里さんが、チコやめて！　と怒ると、音を下げるが、そのうちにまた興奮する箇所がくると音を上げての繰り返しで、由里さんがまた怒る。

おかしくない？　と助手席の由里さんが心底呆れる、といった調子で後部座席の私たちに振り返って言った。なんでこんな子どもみたいなひとと一緒にいるんだろう私、って毎日思う、ほんとに。

運転席のチコがなにか言って、由里さんがなにか返した。チャイルドシートのハルちゃんをのぞくと、あちこち付き合わされて疲れているだろうに眠ってはおらず、やっぱりすべて達観したような落ち着いた表情で、前の座席の両親のやりとりを見守っているみたいにさえ見えた。チコと由里さんのふたりの会話は英語だが、私たち夫婦にはほとんど聞き取れない。何度かやりとりが続いたあと、由里さんの口調が少しやわらいで優しくなり、チコは機嫌よさそうに口笛を鳴らし、なにか言った。由里さんは、はは、と短く笑って後ろを振り返って私たちに、いまチコがなんて言ったかわかった？　と言った。わからない、と応えると、あー帰ったらぶっといウィードを吸いたい、だって。

ウィードってなに？

葉っぱのこと。

チコはまた歌い出していたが、突然助手席の由里さんに右腕を伸ばし、抱き寄せながら顔を寄せて頬にキスをした。

ちょっと！　やめて危ない！　と由里さんがまた怒ってチコを押し戻し、車がぐいんと横に揺れた。夫も妻もゆうべ何度もそうしたように、息をのんで首をすぼめた。ハイウェイのような広い道路にはほかの車はほとんど走っていなかったし、走行はすぐに安定を取り戻したが、由里さんは、ふざけんなよ、もう！　と日本語で言った。チコ、ほんとに気をつけて！

後部座席で夫は笑い、妻は笑わなかった。

家に戻って、ビールを飲んで、夫はチコに誘われ夜の散歩に出た。自分の手のひらさえ見えない、これまでに経験したことのないような真っ暗な闇だった。朝歩いた砂利道の奥の茂みを下りて、林のなかの空き家の近くまで探検に行く。踏み出す先を足先で探ってからでなくては怖くて体重をかけられない。いきなり崖だったり穴があったりして落っこちたらここで死ぬ。手や肩や頬に触れてくる枝葉が本当に枝葉なのかもよくわからない。チコがサンダル履きなのにすいすい先に進んでいくのが夫には信じられなかった。空き家の敷地は金網で囲われていて、少しまわりを巡ってみたが、入れないから戻ろう、とチコは言った。どうせなにもないよ。それでまた真っ暗な斜面をのぼって家まで戻ってきて、朝チコのお母さんと並んで座った椅子に今度はチコと並んで座った。朝は奥の山まで見えたが、いまは真っ暗で空には星がたくさん見えた。歩いているうちにいくらか目が慣れたのか、手元や足下はほんの少し見えるようになった。けれども夜空と遠くの山の稜線の見分けはつかなかったし、目の前はすぐ先で地面が切れて崖になっているはずだが、どこまでが地面でどこから先が空中なのかもよくわからなかった。うっかり歩いていけば落っこちる。

チコが煙草に火を点けた。ひとつゆっくり吸い込んで、吸いさしを夫にまわした。受け取った夫はひと吸いして、しばらく息をつめ、ゆっくり吐いた。チコに煙草を戻す。

下の方から草を踏むような小さな音が聞こえ、ふたりで耳をすます。チコが小さな声で、バンビだ、と言った。

バンビ？

たぶん。

よくいるの?

ときどきいる。

静かにして耳をすませていたが、やがて音は聞こえなくなって、行った、とチコが言った。

夫が拙い英語でチコと話したことが、どこまで共有できているかはわからず、あとでなんの話をしたのか妻に説明しようとしても、それは難しかった。日本語にできる部分はあったけれど、それだけでは話した内容がうまく伝えられない気がしたから、そこでどんな話をしたのか結局妻には言わないままだったし、夫はそれをちゃんと覚えていないということだった。

朝は気持ちよかった空気は、夜になるとじっと座っているだけだと上着を着ていても寒かった。チコは半袖で、それでも平気そうだったが、冷えてきたのでもうなかに戻ろう、と家に戻った。出てから一時間近く経っていた。

やっと帰ってきた。妻と由里さんは、ベッドに腰かけてハルちゃんを挟んで座っていた。

悪いもん誘われたんじゃないの、と由里さんが笑って言い、バンビがいた、と夫は言った。見えなかったけど。

チコは無言で短い階段から廊下に下りて、自分の部屋に入っていった。

むかし、それも十九、二十歳の頃、けり子にもらって何度か一緒に大麻を吸ったが、夫は気持ちよくも悪くもならなかった。今日もなんともなかった。久しぶりに煙草を吸った喉の感じになっただけだった。

火の通り方

由里さんがお土産に持たせてくれたイタリアの黒米は四角い紙の箱のなかにじかに生米が入っていて、箱を振るとざらざら音がした。日本の製品だったらプラスチックの袋とかで密封されているはずで、いかにも海外の製品らしい、と思った。

箱のふたを破いて、ざるに米をあけた。米は、真っ黒というよりはほんの少し紫がかった褐色をしていた。由里さんのメモには洗っても洗わなくてもいいとあったが、夫はボールに入れた水に米をくぐらせた。

洗った米を沸騰した鍋の湯に入れると黒い米は沈んで、沸いていた湯が束の間静まった。由里さんのメモは調理工程に番号が振られていて、メモの3には「18分ゆでる」と書いてあった。でもイタリアと日本だと水が違ってイタリアは硬水だけど日本は軟水だから、と由里さんは言っていた。だから、ゆだり方が違うかもしれない。ん？　ゆだり方って言い方合ってる？

ゆだり方、は合ってないかも。

もうそういう微妙な日本語忘れちゃうんだよね、もともとそんなにちゃんと日本語しゃべれてたわけでもないんだから。そう言って笑い、なんて言えば正しいの？　と訊かれたが夫は、ゆだり方、でなければなんと言うのが正しいのかわからず、いや合ってるのかも、と言った。

あのとき由里さんはイタリアで暮らしてもう何年になっていたのだったか。その前はロンドンで働いていて、ロンドンには二十代の早くから行っていたというから、日本で暮らさなくなって十五年くらいは経っていたはずだった。

メモの4には「固ければもっとゆでる」とあり、5には「いいなと思ったらザルで水切り」とあったので、十八分前後でゆだり具合を確認しよう、と夫は思った。さっきあけた紙の箱にもイタリア語で調理法らしきことが書いてあったが、もちろん夫は読めない。

米を茹でているあいだに、別の鍋でブロッコリーを茹でて、玉ねぎを薄切りにして、青唐辛子とにんにくをみじん切りにする。ブロッコリーに火が通ったら、冷ましてからそれも小さめに切っておく。あ、と夫は思った。ゆだり方が合っているのかは未だによくわからないが、火の通り方、と言えばよかったのかもしれない。

由里さんとチコの家をあとにする日の朝、妻が目を覚ますとこの日ももう夫は先に起きたらしく、ベッドにいなかった。着替えて、パソコンを開いて急ぎのメールを確認して返信をした。一階に降りると由里さんがベッドでハルちゃんにミルクを飲ませていた。

おはよう。

おはよう。

仁くんは散歩に行ったよ。

チコは？

まだ寝てる。

ハルちゃんおはよう、と妻がのぞきこむと、哺乳瓶のミルクを勢いよく吸い込み、喉を鳴らすハルちゃんが、大きく見開いた目の玉を動かし視線だけ妻の方にくれたので、妻は笑った。

お腹減った？　と由里さんが言った。

ゆうべ食べすぎたから、全然減ってないよ。

だと思った。だったらお昼にチコがパスタつくるって言ってたから、朝は軽くしようか。

チコがつくってくれるの？

ときどきつくってくれるんだよ、気まぐれだけど。今日はカルボナーラをつくるって言ってた。チコのカルボナーラ、おいしいよ。すごいこだわりがあってうるさいんだけど。私はよくわかんないから、いつも面倒臭くて、はいはいって聞き流してる。

へえ、楽しみ。

私がつくったり手伝ったりすると、違う、とか言われてけんかになるから、チコが料理するときはあんまり手伝わないの。

ハルちゃんが哺乳瓶を空にした。でもまだ音をたてて吸い続けている。もうおしまい、と由里さんは哺乳瓶をハルちゃんの口から引き離して脇に置き、膝に乗せていたハルちゃんを抱き直した。ああもう、重い！　と由里さんが言うと同時にハルちゃんがげっぷをし、ドアが開いて表から夫が入ってきた。

どうする、パンがあるから少し焼こうか？　と由里さんがベッドから立ち上がって言った。仁くんお帰り、なんか食べる？

時計を見るともう十時前で、由里さんたち食べないならお昼で大丈夫だよ、と妻は言った。ね、と夫に言うと、夫は同意も不服も示さぬ様子で、ということは戻ってくるやいなやなにやら勝手に判断を決められたことに多少不服があるということなのが妻にはわかったが、夫は、いいよ、と応え、外は天気いいよ、と続けた。

チコがお昼にパスタつくってくれるんだって、と妻は夫に言った。そして、せっかくチコがつくってくれるならお腹すかせとく、とハルちゃんをベッドに寝かせて台所に向かって歩いていく由里さんの後ろ姿に向かって言った。

そう、じゃあコーヒーいれようね。

来るときに降りたのと同じ、ここから一時間くらい車で行ったところにある市街の広場から、この日の午後に空港のあるローマに行く長距離バスが出る。私たちはチコの車で昼過ぎにここを出ることになっていた。ふつか前の夜に来たばかりだからまだ一日半しかここで過ごしていないのに、もう何日ここにいるのだかよくわからない感じになっていた。

由里さんがつくってくれたエスプレッソはとてもおいしかった。一緒に出してくれたチョコレートをつまみながら、ロンドンではコーヒーショップでコーヒーを飲むとエスプレッソかエスプレッソを薄めたアメリカーノしかなくて、日本のようなドリップコーヒーはあまりない。エスプレッソは飲み慣れないからアメリカーノを頼むと、たいていあまりおいしくない。でもこんなにおいしいならエスプレッソを飲めばよかったのかな、でも由里さんがつくってくれたからおいしいのかもしれないし、コーヒーショップとかであの少ない量の飲み物を、どんなふうに、どんなペースで飲んだらいいのかよくわからないんだよ、と妻は思った。

妻は、水でもコーヒーでも飲み物は多い方がよくて、日本でもスターバックスとかではいつもいちばん大きいサイズのを頼んだ。大量の水分が手元にある、温かい飲み物だろうが、冷たい飲み物だろうが、まずそのことに満足する、満足したい。だからコーヒーと逆にロンドンでよかったのは、どんな店に行っても炭酸水とかソフトドリンクが大きなボトルやグラスでたっぷり出てくることだった。日本ではカフェでレモネードを頼んだりしても、しばしば氷がたくさん入った小さいグラスで出てきたりして、そういうとき妻は、店への当てつけのように一気に飲み干し早々にグラスを空にした。テーブルに置かれて一分と経たぬうち、なんなら夫の頼んだ飲み物がまだ来ぬうちに、妻のグラスは空になった。

私はいつでも喉が渇いている、と妻は思った。子どもが夏に外から帰ってきて、麦茶を飲むときみたいに、どんな飲み物もがぶがぶ飲みたい。どうしてか、一年中いつでも変わらぬ喉の渇きと、その渇きをがぶがぶ水分を飲んで満たす感覚が、小さい頃からずっと変わらなかった。私の喉は子どものままなんだろうか。渇きは潤すものではなくて、そこにたっぷりと水を満たすべきものだと思う。

二十歳くらいのとき、由里さんの部屋でバイトのあとに毎晩酒を飲んでいた頃もそうだった。缶ビール、安い焼酎を割ったチューハイ、ウイスキーでもワインでも、おいしいとか酔っぱらうためというより、喉に水分を勢いよく流し込みたい、その欲求の方が先にあった気がする。煙草をひと口吸ったら、潤った喉もまたすぐに渇く。そこにまたお酒を流す渇きが生じる。生理的な理屈は知らないが、私が渇いたと思えば私の喉は渇いていて、そこに水分を流す必要がある。そうやって、渇いては満たし、渇いては満たし、その結果深く酔い、深く寝る。起きたら酔いが残っていることはあっても、また必ず喉は渇いている。もう日の高くのぼった頃にふらふらと外に出て、コンビニで買った水とかお茶を駐車場で日を浴びながらがぶがぶ飲んだ。やっぱりどこか夏休みの子どもみたいなのだった。

そんな長年変わらぬ欲求と相反して、由里さんのエスプレッソをひと口、ひと口、ちょびっとずつ味わい、おいしい、滋味深い、と感じながらも、それが喉を落ちていく感覚に意識を向ければ向けるほど、もっとたくさんなにかを流し入れてほしいと喉が求めているような気持ちにもなってきて、おかわり、と妻が言うと、横でスマホを見ていた夫が、うあ、と声を出した。

なにかと顔を向けると、眉間に皺を寄せて、画面を妻に見せた。日本の新聞社のニュースサイトが、ロンドンの地下鉄で爆発があったと報じていた。

いま？

えーと、と詳細を確認し、時差を計算しているらしき間をおいて夫は、今朝、と応えた。

結構ついさっき。

　つい二日前までいたロンドンでは、移動はほとんど地下鉄だった。日本の地下鉄と違って、壁や通路は古く、薄暗く感じた。車体は新しかったが、日本の地下鉄とくらべ狭くて、体の大きいイギリスのひとたちは窮屈そうに見えた。妻は、かっこいいと思っていた、赤い円の中央に青いラインと文字のあるロンドンのアンダーグラウンドのマークを思い出した。

　夫はいくつかのニュース記事を巡回して、まだ事故なのかテロなのか断定されていないものの爆発したのは車内の爆発物らしいのでテロの可能性が高いこと、人数はわからないが怪我人がいること、死者がいるかはわからないことなどを伝え、その後も二階に置いた荷物からロンドンで使っていた地下鉄の路線図を持ってきて、ジョナサンの実家の近くでないことを確認し、そのあとはロンドンに滞在中自分たちが事件のあった駅を通過したことがあったかどうかを調べていた。

　それでその駅で乗り降りしたり、その駅を通る電車には乗っていないことがわかると安心した様子でそのことを妻や由里さんに伝えた。いまは遠く離れたイタリアにいて、一緒に行動していた窓目くんも皮ちゃんも、私たちと同じ日に東京行きの便に乗ってとっくに日本に帰り着いていた。ロンドンにいるけり子やジョナサンを心配するならばともかく、数日前の自分たちがそこを通らなかったことで安心するのは理屈としてはおかしい。理屈としてはおかしいがその気持ちはわかる。もし数日前にそこを通り過ぎていたのと、そうでないのとでは、いま感じる恐怖の質が違う。いまの安心というよりは、いま感じている恐怖がいま以上大きくならないことがわかって夫は安堵したのだと思う。

その安堵は、離れた場所で起こっている悲劇を遠ざける。それは関心と責任をも遠ざける。が、健康的な逃避でもある。過分な恐怖を遠ざけることは必要だ。あとから思うと、あの頃はもしかしたらいまよりも恐怖に敏感だった。私たちがけり子とジョナサンの結婚式のためにロンドンに行って、その後イタリアの由里さんを訪ねた二〇一七年に、ロンドンではテロ事件がいくつも続いて起こっていた。ロンドンだけではなくて、その前年にはブリュッセルやニースで大規模なテロがあったし、二〇一五年にはパリのシャルリー・エブドの襲撃事件があった。同じ年にはシリアでイスラム過激派に拘束されていた日本人ジャーナリストと民間人のふたりが殺害された。

あの数年間に急激に高まっていた恐怖や不安が、いまいくらか引いている気がするのは、イスラム過激派の弱体化によってテロの恐怖が薄らいだことによるのか、それともただ鈍感になっただけなのか、両方か。静かなイタリアの山奥のコーヒーの味からそういうシリアスな方向に急激といっていい急さで考えが向くのは、あれから三年、違うか、三年はまだ経ってない、だいたい二年半が経った今年の春は、別種のシリアスさに世界が覆われているからだった。感じうる恐怖にも不安にもひとそれぞれ上限があるのかもしれなくて、だとすればそう上限の高くないだろう夫の場合、少なくとも二年半前にその大半を占めていた無差別テロの恐怖はこの春世界を席巻している新型ウイルスが及ぼす影響に締め出されている。ハルちゃんはこの春に三歳になっているはずだ。

当たり前だが二年半前の私たちは、ロンドンの地下鉄で爆発事件に巻き込まれることを想像して恐れることはできても、二年半後にそんな春を迎えるとは思いもよらない。

あの日あのあと、私たちは台所で由里さんにエスプレッソを入れるためのポットのようなもので、実際に抽出するところを見せてもらった。底に水が入ってて、ここにコーヒーの粉入れて、火にかけるとコーヒーが溜まるの、と由里さんは説明してくれたが、ポットのなかの仕組みや水やコーヒーが見えるわけでもないし、結局私たち夫婦はその仕組みがよく理解できず、由里さんが、いや私もよくわかんないけど、と言いながらつくってくれたお代わりのエスプレッソをもらって、それもやっぱりおいしかった。コーヒーを飲んでいるときにチコが起き出してきて、グッドモーニン、と言って大きな伸びをしたらよれよれの天才バカボンの絵柄のTシャツの裾から毛むくじゃらのお腹とおへそが見えた。あくびを終えたチコはベッドに飛び込んで、ハルー！　と大きな声をあげながら寝ているハルちゃんに抱きついて、由里さんが、チコ！　やめて！　と鋭い声をあげた。チコは昨日も一日中、ハルちゃんにスキンシップをしようとするたびに、チコ、Wash your hands! と由里さんに怒られていた。でもチコは外で煙草だか大麻だかを吸って戻ってきたあとでも、なにか台所で料理をしたあとでも、突然わきあがる感情、というかハルちゃんへの愛情に従うように、ハルちゃんを触り、抱き上げ、頬を寄せ、キスをした。

由里さんに怒られたチコは、それでも気の済むまでハルちゃんにすり寄って、ハルちゃんの名前を歌にしながら、よろこぶハルちゃんの笑い声に揃えて笑い声をあげ、ひとしきり遊ぶと、ハルちゃんをベッドに置いてテーブルで煙草の葉を巻きはじめた。手巻き用の煙草のパッケージは見慣れない私たちにはチョコレートみたいに見えたが、よく見ると健康リスクを示すおどろおどろしい写真も印刷されていた。チコはその煙草に、戸棚から出したジップ付きポリ袋に入った葉っぱを混ぜている。

あ、と妻は思った。そのポリ袋の容器は、ハルちゃんの食べ物や身の回りのものをしまう用に便利だからと、由里さんに頼まれて日本から買って持ってきたものと同じだった。

チコは巻き紙の端を舐めて、くるりと一本巻き終えると夫の顔を見て、カム、と言った。夫は、顔をしかめて、ノー、サンキュー、と言った。

妻が、チコ、とチコを呼び、唇を突き出した。チコは嬉しそうに笑って、オーケイ、と応えると、ちょっと待って、ともう一本葉っぱを巻きはじめた。そちらはポリ袋の葉っぱだけで巻いていき、これはきみのための特別だ、俺には特別過ぎる、と呟きながら、巻き終えると、どっちがいい？　とできあがった二本を妻にかざして見せた。スペシャル、と妻は応えた。チコはまた嬉しそうに声をあげて笑い、ふたりで表に出ていった。

夫は室内に残った。ベッドで仰向けのハルちゃんは大きく目を開いて、仰向けなので顔と目の向く先にはいま天井のほかないのだったが、それでもその目は彼女の目と天井のあいだのどこを見ているのかわからないがたしかになにものかを捉えているように見えるそんな不思議な目で、自分には見えないものがその宙空のどこかにあるんだ、と夫は思った。そういう感慨をこめて夫は、ハルちゃん、と名前を呼んでみた。由里さんは台所でなにかしていたが戻ってきて夫に紙袋を渡し、ここにこれ入れとくから、となかに入った黒米の箱と調理法を書いたメモを見せた。あとチョコとか、お菓子、バスとか飛行機のなかで食べて。

ドアを開けてチコと一緒に表に出た妻は、入口の横にふたつ並べて置かれた小さな椅子をすすめられてそこに座った。妻が腰かけると、横にチコも腰かけてさっき巻いたジョイントを差し出しながら、Which one? と訊ねた。Special?

なぜかふたたび繰り返されたそのやりとりに妻はもう一度、スペシャル、と笑いながら応えると、チコは、OK、とそれを妻に手渡し、ライターの火を点けた。

つまんで受け取ったジョイントを、右手の人差し指と中指の股に挟むと、指に煙草を挟む感覚が久しぶりによみがえった。よからぬものを手にし口にする、という思いも同時に懐かしく浮かんだ。妻がくわえたジョイントにチコがライターの火を寄せ、その先端に火が点くと、妻は息を吸い込んだ。草のような、燻煙のような、少し甘い感じもする煙が口のなかへ、それから喉に流れてきた。煙たい、と思い、喉が渇く、と思う。渇きは私にとって好事だ。私はなにをやってるんだろう。

チコはもう一本の、スペシャルじゃない方のジョイントに火を点けて自分で吸いはじめていた。

夫が言った通り、天気がよかった。ジョイントをもうひと口吸い込み、煙を吐き出して、次は空気だけを吸ってみる。家の前の砂利道が日を受けて白く輝き、道の脇や家の周囲の背の低い木々の枝葉も日を浴びていた。濃い色の葉ほど、日を受けた光沢がきわだって、影の濃さが目に響いた。さらに上に目を向ければ濃い青色の空が広がっていて、まばらの雲が見え、ときどきそのずっと手前をすばやく小さな鳥や虫が通り過ぎていき、その近さと遠さを思い知る、というかそこにある無数の距離のはかれなさが知れた。道の右手に見える家のテラスはテラスの組み木じたいも崩れかけ、ゴミや、なんだかわからない粗大なものらが乱雑に積み重なっていたが、その隙間を出入りしている猫たちの姿が見え、よく見るとテラスに髪も髭も伸びた老人が腰かけていたのが見えた。放置され錆びた冷蔵ケースのようなものの横に見えたその顔の眼鏡をかけていなければどこが目とも判然としないような彼の目と自分の目が合ったような気がして、怖いとか気持ちが悪いとかではなく、あいつにけんかを売りたい、あいつの感情を乱し、動揺を煽り、恐怖を覚えさせたい、みたいな気持ちがなぜか一瞬で素早く湧いてきた。あいつに自身の非を認めさせ、その報いを与えたい。あの老人が許せぬとか憎いという理由がなにもないのはわかっていて、ただわけもなく降って湧いた怒りがとにかくそれを向ける先をどこか必要としているのでそれが老人に注ぎ込まれた。これはよくない、あのひとを自分が責め立てたり脅したりする道理はなにひとつない、誰だか知らんし、という理性的な考えも同時に起こった。激しい怒りですぐにでも立ち上がりそうだったが、自分はまだ椅子に座っている、自分を自分が椅子に座らせている、自分は自分をそこにとどめている、しかし次の瞬間には自分がどう自分を動かすかわからないぞ、お前、と思った。テラスの老人が立ち上がってゆっくり奥の通路をまわって前の道に出てきた。老人は杖をついて、紺色と深緑色の混ざった真冬に着るような分厚いセーターを着ていた。テラスにいたときはわからなかったが、老人は思いのほか背が高く、道に出てきたその図体の大きさに妻の目は驚いた。足が悪いのか、それとも別のどこかが悪いのか、歩くのが難儀そうだった。老人は自分の大きな体を持て余しているように見えた。しかしその体の大きさでかつては様々な悪行に手を染めたんだろ、ひとを傷つけ泣かせたんだろ、というこれまた謂れのない難詰がわいてくるのだった。老人は下半身は膝までの海パンのようなものをはいていた。伸ばしっぱなしの白髪まじりの長い髪と髭、大きな上体と分厚いセーターの量感、それと対照的な短パンの下半身と弱って肉の落ちた細長い足、足もとを見るとくたびれた白いスニーカーを突っかけて砂利をかきわけ引きずるような足取りで、その逆三角形のフォルムが、長い時間をかけて削られてできた山渓のように見えてきて、その悠遠な時間を想像すると、妻は先ほど自分のうちにわきあがった彼への不条理な怒りとは真逆の、そのフォルムを賛嘆したい感情がわいてきた。激しく振れる自分の老人に対する感情に戸惑って、ふたたび自分が自分を椅子に座らせているような、座らせられているような意識もわいてきた。隣に座っていたチコが老人に激しくなにかを言った。イタリア語なのでなにを言っているかわからなかったが、それで自分の老人に対する混乱が断ち切られた。チコの語調に感じる怒気ははたして本当に怒気なのかどうか、イタリア語がわからないのでわからない。意味のわからない外国語の響きの細部を自分が勝手に誤読したものかもしれない。それとも自分の怒りをチコの声の調子に乗せて聞きとってしまっているのかもしれない。老人がなにか言い返した。弱々しい声だった。老人の家のテラスから出てきたやせた灰色の猫が、老人の足もとまで歩いてきてまとわりついた。老人が言葉を言い終えぬ間にチコがまた怒鳴り返した。老人がそれになにも応えぬうちにチコはまた別の長い言葉をたたみかけるように浴びせ、いっこうに意味はわからぬが横に座っている妻はチコの語勢に任せて我が方の優位と余裕を誇示するように椅子の背にもたれ、ジョイントを長く深く吸い込んだ。そして妻がゆっくり吐き出した煙に吹かれるように老人はよろよろ踵を返し、家の方に戻っていった。猫もあとをついていった。

由里はすばらしい女性なんだ、とチコが言った。そう言ってジョイントをひと口吸い、少しの間をおいて煙を吐いた。その言葉は英語だったから妻にもわかった。さっきまで老人に向けていたのとは全然違う、横にいる自分にだけ届く、静かで弱い声だった。その弱さがイタリア語と英語の言葉の違いによるのか、それともその声を発するチコの感情によるものなのかはわからない。前者ならそんなにも異なるふたつの言語を続けざまに発することができるのがすごいと思ったし、後者なら彼の感情の起伏の激しさがすごいと思った。

すばらしい、と妻はチコの言葉を繰り返して、彼の言葉を理解していることを示しつつ次の言葉をうながした。が、それからチコが同じ静かで弱い調子でたて続けに話した言葉は意味がとれなかった。

あとから思い返して、意味がとれなかったと言うので済ますのは卑怯かもしれない。だからと言ってほかにどうすればいいかはわからないけれど。意味がとれなかったなら何度でも訊き返すべきだったのかもしれない。だってそうすべき内容だったかもしれなくて、その判断を私はできなかったのだから、チコが話したいくつかの言葉を、私はたしかに聞いていて、なにも訊き返すことなく聞いていたのならそれはきっと、彼が私に向けた言葉の意味を私が理解したことになってしまうから。

それからチコは鼻をすすりあげ、ぽたぽたと涙を流しはじめたのだった。その前に彼が話していた言葉がわからない妻は彼がなぜ泣くのかわからなかった。

由里さんがあまりにすばらしいから泣いている？　唯一聞き取れた最初の言葉だけを頼りにすればそういうことになる。そしてほかに頼りにできる言葉はない。あるいは、チコの言動には、別に他人が理解できる感情の流れなんかもともとなかったのかもしれない。ものすごいスピードで車を運転したり、突然ハイになって歌い出したり、ハルちゃんに抱きついたり、由里さんにキスをしたり、一昨日からのチコを見ていれば、チコの行動はすべてが突然で脈絡がなかった。

どうしたの？　と妻は椅子にもたれたまま、日本語で訊ねた。鷹揚な調子だったと思う。なんで泣いてんの？

チコは目に拳をあてて顔を上げ、それでも溢れてくる涙が頰を伝うのにまかせながらジョイントに口をつけ、吸った。由里はハルのことばかりで自分を構ってくれない、とチコは言った。近づいていっても怒られてばかりだから悲しい、由里は俺のことを好きじゃないのかもしれない。チコはそんなことを英語で私に言ったのだったと思う、と妻は思い出す。それを聞いて、かわいいひとだ、という思いと、たいして子育ての手伝いもせず、かといって由里さんとハルちゃんを養うだけの稼ぎがあるわけでもなく、どの口がそんなセリフを吐くのか、という思いとが心中にわいた。

わかってる、とチコは言った。由里は特別な、すばらしい女性で、自分には過分だ。もったいない。俺はだめな男だ。

いまでは日本語で聞こえるその言葉を、どこまで自分が正確に聞きとったのだか妻は自信がない。

妻はジョイントをひと口吸って吐き、ああ、喉が渇いた、家のなかに戻って水を飲みたい、がぶがぶと喉に流し込みたい、そう思いながら、はははは、と自分でも少し驚くような声の大きさで笑って、チコの肩をばんばん叩き、大丈夫大丈夫、泣くなよチコ！　と励ました自分の言葉はたぶん正確に覚えていた。そう言いながら斜向かいの家を見たら、さっきの老人はまたテラスに座っていて、大きな声のするこちらを見ていた。テラスのゴミの脇にはやはりさっきの灰色の猫が驚いたようにこちらに顔を向けていた。

それでお昼にはチコが、さっき泣いていたことなんかなにもなかったように、偉そうに講釈をたれながらカルボナーラをつくってくれた。

これは豚肉の、どこだっけ？　ほっぺ？　ほっぺのお肉。まあベーコンなんだけど、ほっぺのお肉でつくらないと本物じゃないんだって、と台所で由里さんがチコの説明を通訳してくれた。

これはこのために昨日買ってきた、とチコは冷蔵庫からきしめんのような太い麵がぐるぐる巻きになっているパスタを見せてくれた。それからこれ、とチーズの塊を出した。卵を割って、なにか言いながら、殻を使って黄身と白身を分けた。由里さんが、卵は黄身だけ使うんだけど、でも三個以上使う場合は白身も混ぜてもいいんだって、と通訳してくれた。なんかいろいろ決まりがあんのよ。

それはイタリアの共通ルールなの？

知らない。たぶん違う。たぶんみんな勝手に言ってるだけだと思う。面倒くさいでしょ。あ、でも日本だとカルボナーラって生クリーム入ってるのが多いけど、イタリアだと基本入ってない、チコも使わないし、と由里さんはチコに頼まれて大きなチーズおろしを棚から取り出しながら言った。

パスタを茹でる。卵を溶いたところにチーズを細かくおろして混ぜる。細く切ったさっきの豚の頬、グァンチャーレというそのベーコンを、熱したフライパンに入れて脂を溶かし出す。パスタに火が通る頃、フライパンに茹で汁を少し加えてから、茹であがったパスタの湯を切ってフライパンのベーコンと合わせる。そこにさっき溶いた卵を加えて少し火を入れる。卵がおぼろ状に固まってきたら皿に盛って胡椒を挽く。

由里さんは肉を食べないのでいらないと言い、チコも自分はいらない、と言って私たちの分だけをつくってくれた。私たちはふたりと由里さんの抱いたハルちゃんに見られながらチコのカルボナーラを食べた。

おいしい、とチコに言うと、真剣な表情のままうなずいて見せた。当然だ、というような顔つきだった。

私たちが乗ろうと思っていたバスはネットを見てもあまり確信の持てる運行情報がなく、チコがバス会社に電話をかけて確認してくれた。おとといの夜に迎えに来てくれたピアッツァ・パルティジャーニという停留所のある広場までチコに車で送ってもらう。

出発する時間になり、まとめた荷物を車に積み込んだ。チコのお母さんが見送りに出てきてくれた。チコが車を家の前につけ、私たちが車に乗り込んで窓を開けると、ハルちゃんを抱いた由里さんとチコのお母さんが並んで家の前に立っていた。チコのお母さんは同じ家に暮らしていてもふだん由里さんとチコの生活スペースには来ないから、そのふたりが一緒にいるのを見たのはこのときだけだった。由里さん、お母さんとうまくやっていけるんだろうか、と妻は思いながら、由里さんどうもありがとう、と窓の外の由里さんに言った。ゆうべ、チコと夫が外に歩きに行っているあいだ、由里さんとふたりで長い話をした。夫がいたり、チコがいたりしたから、ふたりでゆっくり話せたのはそのときだけだった。チコとの生活のこと、この家での生活のこと、ハルちゃんをこの先どこでどうやって育てていくかとか、由里さんの不安はたくさんだった。けれども、まあどうにかなるよ、どうにかするしかないし、これまでもどうにかなってきたし、あんまり考えてもそうそう思うようにはいかないし、と由里さんはむかし私たちが由里さんの部屋で夜中に煙草を吸いながらだらだら飲んでいたときと同じように、強く明るく私に言った。私にも不安はたくさんあった。私たちはいくら年をとっても、仕事を得ても、家族をつくっても、不安はなくならないのだといまではわかってきた。慣れるしかないのかもしれない、慣れて鈍感になるしかない。けれどもときどき、鈍ったはずの神経が鋭くなって、不安で死にそうになる。こんな山奥で、小さい子どもを抱えて、そんな不安に襲われたらどうなってしまうのか私は想像がつかない、と妻はゆうべ言いかけたけど言わなかった。表に出て大声を上げたって、その声が聞こえるのはせいぜいあの斜向かいのおじいさんぐらいだ。あのおじいさんだって、こんな山奥にひとりで暮らしているから、不安に耐えきれずおかしくなってしまったんじゃないだろうか。チコだって、不安で仕方ないから、大麻なんか吸ってるんじゃないか。車の外で立っている由里さんが泣いているのが見えた。ハルちゃんは相変わらず泰然とした余裕の顔つきをしていて、由里さんは自分が抱いているハルちゃんにいまは必死でしがみついているみたいに見えた。チコのお母さんは眠たげだったがにこにこと笑顔をつくって手を振っていた。

行こう、とチコが言って車をゆっくり発進させた。

茜、気をつけてね、と由里さんが外で大きな声で言った。

うん、ありがとう。由里さんもなにかあったら、いつでも連絡して。

仁くん、と由里さんが夫の名を呼んだ。茜をよろしくね。

夫は遠ざかっていく由里さんの方にうなずきを返しながら、窓の外には到底届かないだろう小さな声でお礼を言った。後ろの窓に、小さくなっていく由里さんとハルちゃん、手を振るチコのお母さんの姿がまだ見えていた。ああ、こんな山奥に私は由里さんを置いていってしまう、と妻は思って、窓から顔を出して手を振りながら、でも仕方がないのだ、と思った。

あのときから結局一度も由里さんたちとは会っていない。

年明け頃から徐々に広がった新型肺炎のウイルスは、三月に入るとヨーロッパで急激に感染が広がって、イタリアの被害は甚大なものになった。日本も徐々に深刻な雰囲気になりつつあるなかで、イタリアのニュースを耳にすると、私たちはあの山奥で暮らす由里さんとチコと、この春で三歳になっているはずのハルちゃんのこと、二年半前に二日間だけ過ごしたあの山のなかの家での時間のことを思い出した。

でももうあの家に由里さんもハルちゃんもチコもいなかった。私たちが彼らの家を訪れて半年後の春、ハルちゃんが一歳を迎えて間もない頃に、一家はイタリアを離れて山形にある由里さんの実家に居を移した。だから、彼らがあの山のなかの家で過ごしたのは、あれからたった半年ほどの時間だけだった。

妻はたまに開くSNSで少し遅れてそのことを知った。由里さんはともかく、あの法王のような巨大な赤ちゃんとチコが日本にいるのだと思うと、ちょっと信じられなかった。そればかりか、あのチコが由里さんのお父さんが営む工務店で働いていると知って、さらに信じられない気持ちになった。

ともかく、だからイタリアが陥った深刻な状況下に彼らはいなかった。そしてイタリアのあとで徐々に似た状況に陥っていった日本に、彼らも私たちもいた。

その春は誰もがこれまでよりも丁寧に手を洗うようになった。つい手を洗わないまま自分の口元や食べ物を触りかけたとき、由里さんがチコに言う、Wash your hands! の声を思い出した。妻は、由里さんに連絡しようと思いつつ、気後れしてずっとそのままになっていた。

だから詳しい近況はわからない。彼らはいまも同じ調子で暮らしているのかもしれないし、その警告はチコだけでなく、もうとっくに歩いたりしゃべったりしているだろうハルちゃんにも向けられているかもしれなかった。ハルちゃんは、三歳になってもあの法王のような余裕を持ち続けているのだろうか。

最近は世界的にプラスチックゴミの削減が叫ばれていて、この春頃から東京でもいろんな店でショッピングバッグやスーパーのレジ袋が有料化されはじめた。気をつけたいと思い、エコバッグも家にいくつもあるのに、スーパーなどに行ってから忘れてきたことに気づき、仕方なく有料のビニール袋をもらってしまうことが多かった。そしてその度に妻は由里さんのことを思い出した。どうしているだろう、と思い、ずっと連絡をとりあぐねていることを思い、大事な仕事を先送りしているみたいに、少し重たく感じる。イタリアに行ったとき、由里さんに頼まれて日本からプラスチックのジップ付き保存袋を買って持っていったからそう思うのだと思う。日本で一緒に働いて飲んだくれていた頃は環境とか健康とか気にするタイプじゃなかったのに、イタリアで暮らすうちに、なのか、妊娠出産を経たせいなのかわからないけれど、由里さんはなるべく自然なものを食べたり使ったりするようになっていて、いまではあんな保存袋も使わないで生活しているかもしれない、となぜか何度も考えてしまうのだった。ほかにいくらでも想像を託すものはあるだろうに、どうしてかあのプラスチックの保存袋でこの二年半の由里さんのことを想像しようとしてしまう。

でも、と妻は思う。プラスチックは減らさなくてはいけないが、食品などを密封するにはあの道具はやはりいまのところ代えの利かない便利さである。乾いた大麻の保存にも大変適している。チコは、山形のどこかで秘密の小屋を建てて、工務店の仕事をさぼってまた大麻を育てているかもしれない。

鍋にオリーブオイルをひいて、みじん切りのニンニクと青唐辛子を炒める。薄切りにした玉ねぎを加え、冷蔵庫にタコのボイルしたのがあったのでそれを小さく切ったのも加えて炒める。玉ねぎが透明になったら、茹でた黒米を加えて軽く混ぜ、塩を加えて味がまわったら小さく切ったブロッコリーを混ぜる。

あの年、日本に帰ってからの私たちは、お互いの仕事の忙しさやいろいろのわがままや我慢が募って夫婦仲をこじらせ、年末には具体的な離婚話にまでなった。そこを相互の努力でどうにか持ち直し、翌年の春には夫婦の生活上にある問題のいくつかをクリアするために、かつまた生活における気分のようなものの一新を図って、引っ越しをした。それはたまたま、由里さんとチコがハルちゃんを連れて日本に来たのとちょうど同じ頃だった。もちろん私たち夫婦も、由里さんたちも、そんな符合にはそのとき気づいていなかったし、そんな符合には一致した以上の意味はなにもなかった。

引っ越しをしたぐらいでいろいろの問題が解決するわけではなかったが、逆に言えば、ともかく引っ越しぐらいしか打つ手がなかったほどにいろいろの問題が問題だったということなのかね、とキッチンにいた夫が、妻の方を振り返って見て言った。

それを聞いた窓目くんが夫の横で笑うのが聞こえた。妻は、なにが、なのかね、だよ、と思って、夫には聞こえないようにキッチンとひと間続きのリビングにいる面々にそう言った。窓目はなにを笑ってんだよ、とも思ったがそれは黙っておいた。

引っ越しの片づけも落ち着いた頃、新しい家に友人らを招いて、引っ越し先の家の窓から見える隣家の庭の桜を借りての花見をしていた。けり子とジョナサン、ロンドンに一緒に行った皮ちゃんもいた。

夫婦のあいだに問題がある場合に、それを常に夫婦のもとに、つまりふたりに半々に持たせようとするところがむかつく。まあ自分にも問題はあるが、自分が担う謂れのない問題もあると思う、と妻は言った。

そんなものを負わされるなら夫婦なんて関係は御免だよね、とけり子が言った。

できたー、と夫が料理を運んできた。キッチンには夫とジョナサンと窓目くんがいて、ジョナサンと窓目くんはこれからできる料理の仕込みをふたりで続けていた。

夫がつくった黒米の料理は、みんなになかなか好評だった。真っ先に手を伸ばした皮ちゃんが、うまい、と言った。けり子も、おいしい、と言った。

妻もひと口食べてみた。由里さんがつくったのとは違ったけれども、それは技量の差か。いやーイタリアと日本の水の違いなのでは、と夫は言った。おいしい、と妻は夫に言った。

あ、このタコ。冷蔵庫にあったやつ？

そう、と夫は応えた。使っちゃだめだった？

あとでマリネつくろうと思ってた、と妻は言った。でもいい。これタコ入ってた方がおいしい。タコ入れたくなる気持ちはわかる。

窓目くんとジョナサンがなにか言い合い、キッチンで弾けるような笑い声をあげた。新しい住居に友人を招き、そこに笑い声があがっているのだから大丈夫だ、と夫は思った。つい数か月前、年末の頃にはとてもじゃないけれど、こんなふうに春を迎えられるとは思っていなかったのだから。

妻はそれに同意しないわけじゃない。でも、じゃあ来年の春がどうか、再来年の春がどうかはやっぱりわからない、と思った。由里さんに連絡してみようか。

窓目くんの手記1

アッパとアンマの
ピリピリ・クッキング

ダルは豆、レンズ豆はマスールダル。皮を剝かれたオレンジ色のマスールダルを、アンマが鍋で煮ている。アンマはお母さん。お母さんの名前がアンマじゃない。アンマはお母さんという意味。湯のふつふつと沸く様子からして、火は弱火から中火くらい。ＩＨだから火は見えない。アンマは浮いたアクをスプーンで丁寧にすくっていた。

その隣で、カセットコンロに載せた中華鍋でアッパが玉ねぎを炒めていた。アッパはお父さんという意味。玉ねぎは薄くスライスしてある。一・五ミリくらいか。火は強めの中火。コンロのまわりにはスパイスの瓶や袋、下ごしらえをした食材を入れた皿やボウルなどが置かれていた。調理台の上だけでなく、背後のダイニングテーブルや部屋の床のそこここにもバッグやビニール袋に入った野菜などがあった。アッパはまな板に青唐辛子を一本置くと、それを包丁で縦に半分に切り、さらにそれを半分に切った。細長く四等分にされたうちの半量を、アッパはアンマが煮ている豆の鍋に入れた。

アンマは鍋の前を離れて、オニオン、と言っている。玉ねぎを探している。窓目くんは、玉ねぎならアッパがいま中華鍋で炒めている、と思ったが、アンマが探しているのはアンマが煮ている豆の鍋に使う玉ねぎで、アッパが、キッチンの床に置いてある袋を示してなにか言い、アンマはそこから玉ねぎをひと玉取り出した。ふたりはジョナサンの両親である。

けり子とジョナサンが結婚して、窓目くんたちがふたりの結婚式に出席するためにロンドンに行ったのが二〇一七年の九月で、その五か月ほど前、けり子とジョナサンは日本でも結婚式を挙げた。それに合わせてジョナサンの両親と妹のジャスミンがロンドンから東京にやって来ている。

彼らは二週間ほど日本に滞在するという。この部屋はロンドンから来る家族のためにジョナサンがエアビーで探して借りた小伝馬町のマンションで、キッチンにはIHのコンロがふた口あったが、アッパは東京に来た翌日に合羽橋で買った中華鍋で調理がしたいとわざわざカセットコンロを使っていた。カセットコンロなんかどこから持ってきたのだろうか。

けり子が、うちからだよ、と言った。アッパが中華鍋買ったのに部屋で使えないって言うから。

いずれにしろコンロのひと口にはいまアンマの豆の鍋が置いてあるし、もうひとつの口の方は揚げ物用の油の鍋でふさがっていた。アッパは木べらを手にしてはいるが、鍋のなかの玉ねぎをいじらずじっと見ていて、少し鍋を揺すると、木べらは使わずまた真剣な顔つきで玉ねぎを見る。紫色の薄手のセーターを着て、黒縁の眼鏡をしている。体が大きい。

中華鍋なんか買ってどうすんだろう。イギリスに持って帰るのかな、とけり子が日本語で言った。このひとたち、食べ物とか食事に対する熱意が尋常じゃないんだよ。

キッチンで横に並んで立ってみると、アッパの背丈は窓目くんと同じか少し低いくらいだった。大きく見えるのは姿勢がいいのと、恰幅がいいからだと思う。太っているのとはなんかちょっと違う。窓目くんはダイニングテーブルに置いてあった缶ビールをとって飲み、そこからキッチンに立つアッパの後ろ姿を見た。肩幅が広い、と思った。それで頭と顔が小さい。信頼感のある厚み。アッパの方がジョナサンより背が大きく見えるが実際はどうだかわからない。でもジョナサンもアッパと似た体格をしている。上体が厚くて、頭が小さい。昨日、けり子とジョナサンは親族を集めて代々木八幡で結婚式をしたのだった。窓目くんは、依然鍋を注視しているアッパの背中を見て、あのひとは昨日自分の長男の結婚式に出席したんだ、と思った。窓目くんは子どもがいなかったから、自分の子どもの結婚式の翌日に親がどんな気持ちでなにをして過ごすのか想像がつかなかったけれど、アッパとアンマはこうして私たちに振る舞う料理をつくっているのだった。彼らの母国であるスリランカの料理を。自分はこの先誰かと結婚したり子どもをもうけたりすることがあるのだろうか、と窓目くんはビールを飲みながら思った。アッパの頭はジョナサンと一緒でつるつるだ。

え、私はつるつるじゃないよ、とダイニングテーブルでカトレットを丸めていたジョナサンが言った。

あ、そうか、ジョナサンは短く剃ってるだけだからつるつるじゃないね、と窓目くんはジョナサンに言った。

つるつるじゃないよねえ、とジョナサンの横に立ってビールを飲んでいたけり子が言って、ジョナサンの頭を撫でた。ねえ、とジョナサンはけり子の方を向いて、ひどいよ照り焼きちゃん、と言った。ジョナサンは窓目くんのことを照り焼きちゃんと呼ぶ。

ざらざらする、とジョナサンの頭に手を置いたままけり子が言った。

そう？　とジョナサンがけり子を見て言った。自分でも、ざらざら、と言ってみている。嬉しそうだ。

テーブルの上にはスパイスの瓶や袋に混ざってビールや飲み物の缶、お菓子なども置かれていて、集まったひとたちがみな思い思いに酒を飲んだり、スナックをつまんだりしていた。ジョナサンの前には、茹でたじゃがいもにツナとスパイスを混ぜて玉ねぎと一緒に炒めたカトレットの種が入ったボウルがあって、ジョナサンはそれを慣れない手つきで丸めてガラスのバットに並べていた。

アンマの鍋の豆からはまだアクが出ているようだったが、もうすくわないらしい。アンマは鍋のなかをのぞいてターメリックのパウダーをスプーンで少量入れ、けり子になにか言った。スパイスをとってくれと頼んだらしく、窓目くんにはキューミンと聞こえたが、返事をしたけり子がテーブルにあったクミンをアンマに手渡したからクミンのことだった。アンマがそれを受け取ってありがとうと言った。窓目くんとけり子は高校時代からの友人で、だからけり子とはもう二十年近く付き合いがあり、アンマはそのけり子の義母で、けり子はアンマの義理の娘なのか、と窓目くんは思った。義理の母とか娘とか、そういう概念がスリランカに生まれ育ってロンドンに暮らすひとたちの家にあるのかどうかはわからない。というかけり子にそういう意識があるのかもわからない。

アッパが、照り焼き、と窓目くんを呼んだ。ジョナサンがそう呼ぶので、アッパもアンマも窓目くんのことをそう呼ぶ。窓目くんがアッパの横に行くと、アッパはなにか言いながらさっきアンマが持って来た玉ねぎをきれいな薄切りにして、それをアンマの豆の鍋に入れた。アンマは黙ったままそれをスプーンでかき混ぜた。ふたりはほとんど言葉を交わさず、それぞれ思い思いに調理しているように見えたが、その作業はときどきこうして互助的にもなった。アッパがまな板ににんにくをひとかけ置くと、窓目くんの顔を見てなにか言った。窓目くんは聞き取れなかったが、次の工程の説明をしてくれようとしているらしいことはわかった。アッパはペティナイフで手早くにんにくの皮を剝き、そのまま中華鍋の玉ねぎのなかに放り込んだ。中華鍋の火力はさっきより落とされていて、弱めの中火。アッパがなにか言いながらまたにんにくをひとかけまな板の上に置き、今度はペティナイフの腹を乗せて上から叩いた。つぶれたにんにくの皮を剝いてこちらはアンマの豆の鍋に入れた。アンマは黙ってまたかき混ぜる。そしてなにか言って教えてくれているらしいのだが窓目くんにはアッパの英語は速くてなかなか聞き取れない。アッパはコンロの前の皿にあったカレーリーフの葉をとって、窓目くんの顔を見てまたなにか言いながら手で葉を半分にちぎり、これも全部豆の鍋に入れた。アンマがきれいにちぎれていなかった葉を無言で鍋から拾い、半分にちぎり直してまた鍋に入れた。ちぎると香りが出る、とアンマが窓目くんに言った。アンマはゆっくりしゃべるので聞きとりやすかった。モアフレーバー、オーケー、と窓目くんは繰り返した。

アンマはスプーンでまた豆を混ぜるが、ずっとかき混ぜているのではなく、なにか入れるごとにちょんちょんと少し触るぐらいで、小さくスプーンを動かすだけだった。アッパがさっき縦に四等分した青唐辛子の残っていた半分を中華鍋に入れた。そして木べらで少し鍋のなかをかき混ぜた。玉ねぎはずいぶん鍋のなかにあるのに、まだ白いぐらいで全然焦げていなかった。

アッパとアンマが短くなにか言葉を交わした。シナモンスティックが大きいバッグのなかにある、とアンマが言った。カルダモンは必要か、とアッパが言い、アンマが、いらない、と応えた。ふたりはふたりだけで話すときはタミル語でも話すが英語でも話す。いまは英語で話しているから窓目くんはなんとなく聞き取れる。

アッパがリビングの壁際に置いてあったバッグのところまで歩いていった。すっすと音がする。アッパは裸足だ。アンマがまた豆の鍋をちょっと混ぜた。水分がだいぶ減って、表面がぼてっとしてきた。

テーブルに座っていた八朔《はっさく》さんが、けり子と、ジャスミンとマットと、皇居の話をしていた。インペリアルパレス、と言っていた。マットはジャスミンの婚約者で、アッパたちと一緒にロンドンからやって来た。

アンマがクミンパウダーをスプーンに出した。日本の小さいボトルなので出しにくそうで、瓶の容器の横をずっと叩いているが、ちょっとずつしか出てこないので窓目くんは中蓋をとってあげた。アンマはクミンパウダーを豆の鍋に入れ、次にブラックペッパーコースも加えた。ブラックペッパーはジップ付きの袋に入っているのでこちらは入れやすそうだった。

照り焼き、とアッパにまた呼ばれて、アッパはなにか言うのだがやはり窓目くんはよくわからない。アッパが持っているスパイスの袋にはマスタードシードが入っていて、それを中華鍋に少量加えたのは確認した。それからフェネグリークシードを少し、続いてフェンネルシードをこちらは結構多めに入れた。

彼らは日本滞在中、途中で東京を離れて何日か京都にも行く予定と聞いた。こんなに大量のスパイスを滞在先に持ち込んで、使い切れるのだろうか。京都にも持っていく気なのだろうか。日本で手に入るものはスーパーなどで買ったようだが、手に入りにくいものやいつも使っているカレーパウダーはロンドンから持ってきたらしい。アンマが煮ている豆は、彼らが日本に来る前にけり子が頼まれて上野のスパイス屋で買っておいたものだった。業務用だから乾燥した状態で五〇〇グラムも入っている。けり子は今日カセットコンロに業務用の乾燥豆、ほかにもスパイスをいろいろ家から持ってきたことになる。重かったろう。

重かったよ。全部ジョナサンが持ってくれたけど、とけり子は言った。

その後付き合いが長くなるにつれて、ジョナサンのジェントルな振る舞いがいつも徹底的で隙がないことに驚くこともあまりなくなっていったけれど、はじめの頃はけり子から聞くジョナサンの行動のいちいちが窓目くんには過剰なまでに親切に思えて驚いたり感心したりした。ジョナサンは当たり前にそうする。窓目くんは見習おうと思ってもなかなかできないので、その親切心にも驚くがその自然さにも驚く。

アッパがシナモンスティックを手で裂くように砕き、一片を中華鍋に入れた。残りのシナモンをかじっているので、おいしいの？　と窓目くんが訊くと、おいしい、とアッパは応えた。シナモンを食べるのは好きだ、とアッパが言った。

アンマが鍋に塩を入れた。かき混ぜて、味見をした。

八朔さんたちと話をしていたマットがキッチンの方にやって来て、窓目くんにシナモンがどうのと言った。窓目くんは、イエス、シナモン、と応えたが、シナモンのなにがイエスなのかわからない。アッパが中華鍋にフェンネルシードとちぎったカレーリーフを加えた。カレーリーフの葉は日本では手に入りにくいから、ロンドンから持ってきた。豆の鍋はもうだいたいできあがりなのか、アンマは鍋をごく弱火にしてそのままなにもしない。マットはさっきのシナモンのやりとりだけでテーブルに戻っていき、また八朔さんたちとしゃべって笑っている。

アッパが今度は二片のにんにくをナイフでつぶし、皮を剝いて中華鍋に入れた。足りないと思ったのか、もう一片叩いてつぶし、それも加えた。アッパはにんにくを皮のついたままつぶして、つぶしてからナイフで皮を剝く。皮を剝いてからつぶしてもよさそうだが、そうしない。叩くと、乾いた皮がぐしゃっと裂けてその方が剝きやすいからだと言う。木べらでにんにくを加えた玉ねぎを炒める。玉ねぎが少し茶色くなってきた。火力や火にかけている時間のわりに玉ねぎが焦げつかないのは、鍋の温まり方や食材への熱のまわり方をアッパが正確に掌握しているからだと窓目くんは思った。油の量も過不足のない適量なのだ。窓目くんは調理の仕事をしていたことがあった。アッパは木べらを置いて調理台の奥に置かれていたスーパーのビニール袋を取った。なかには二センチ角ほどに細かく切った鶏の胸肉が入っている。窓目くんはそれを切るのをさっき手伝った。胸肉は一キロほどはある。アッパは袋のなかの肉を全部中華鍋に入れた。玉ねぎと混ぜながらまた炒めていく。アッパは木べらを動かしながら窓目くんに、バーンがどうのと言っていて、たぶん玉ねぎの焦げについて説明してくれているのだと窓目くんは思い、へー、と日本語で相槌を打ったが、アッパの言っていることはわからなかった。アッパが塩を加えた。窓目くんにはずいぶん多く思える。照り焼き、とアッパが小さな声で言った。呼ばれたと思った窓目くんは、はい、と返事をしたが、アッパは窓目くんにはなにも言わず、鍋を見ながらもう一度、照り焼き、と呟いた。照り焼きの語感を楽しんでいるらしい。英語とタミル語を話す彼らが、照り焼きの語感をどう感じるのか窓目くんにはわからないが、たしかに彼らが自分のことを呼ぶとき、その調子にはなにか楽しげな感じがあった。窓目くんは呼ばれるたびに鶏肉やぶりの切り身の表面で照るその照りが思い浮かぶ。

アンマが火を止めて、豆の鍋をコンロから下ろした。できあがったらしい。アンマがアッパになにか言い、アッパはアンマの鍋を見たまま簡単になにか短く応えた。アッパの振る舞いは、ジョナサンのけり子に対するそれとは少し違い、アッパとアンマは少し日本の夫婦、自分の親たちの世代の夫婦像に近い、と窓目くんは思った。しかしふたりがなにをしゃべっているか全然わからないので、実際のところはわからない。そもそもスリランカで生まれてイギリスに移り住んだひとをつかまえて、日本に似ているとか思うことじたいが乱暴な話だ。

でも、アッパとアンマはスリランカに、ふたりがイギリスに移り住んでから生まれたジョナサンはイギリスに、それぞれカルチャーの根があるのはなんとなくわかる。しかしカルチャーとはなにか、と窓目くんの手記にはある。

アッパが、照り焼き、とまた言った。今度は窓目くんに向かって呼びかけていて、窓目くんの頭に照りが浮かぶ。みりんを入れれば、糖分が熱を得て、照ります。窓目くんがそちらを向くとアッパが、塩の量が大事だ、と言った。多すぎても少なすぎてもだめだ。窓目くんはさっきアッパが入れた塩の量を思い出す。日本でする料理とは塩の使い方も全然違う。

アッパは肉が白くなって熱が通ったくらいで火を弱めた。弱火の方が肉から水分がたくさん出る、と教えてくれた。その水分で煮詰めていく。そうすることでおいしくなる。水は入れない。蓋をして、蒸すように煮ていく。


アッパとアンマがスリランカからロンドンに移住したのは一九七八年のことだった。それまでふたりが暮らしていたのはジャフナという街で、地図を見ると、滴のような形をした島国の最北端、落ちる滴が水を引くような半島にその街はある。

当時のジャフナでは長年にわたり国内での衝突を繰り返してきたタミル人とシンハラ人のあいだの紛争が激しくなりつつあった。

本などでは二十六年間にわたって続いた内戦のはじまりは一九八三年とされていて、その歴史から見れば彼らは内戦より前にスリランカを離れたことになる。しかし一六世紀に複数の王国が並立していた島をポルトガルが植民地として領土化して以降、この地ではタミル人とシンハラ人によるほかの民族も巻き込みながらの対立が何世紀にもわたって続いてきた。アッパとアンマがその地を離れた一九七〇年代には、その初頭からシンハラ人暴徒によるタミル人への襲撃が頻発するようになり、タミル人側にも武装組織が形成され、北部ではテロや政治家の暗殺などが起こるようになった。アッパとアンマはそのような状況から避難してロンドンに渡ったのだ。

かつての国名はセイロンである。統治国はポルトガルのあとオランダを経て一九世紀初頭イギリスに移り、間もなくイギリスはそれまで支配を免れていた中央部を含む島の全土を支配下においた。イギリスによる統治が百年以上続いたのち、一九四八年にセイロンはイギリス自治領として独立を宣言する。国名がスリランカ共和国に変わるのはイギリスの統治からの独立を宣言した一九七二年のことで、その後一九七八年には政治体制の変更とともにスリランカ民主社会主義共和国という国名に改まる。アッパとアンマがスリランカを出たのはその年だ。

「スリー」は「聖なる」とか「光り輝く」という意味で、「ランカー」は「島」という意味である。しかしこれはシンハラ人が使うシンハラ語での意味で、タミル人であるアッパやアンマが使うタミル語では「イランガイ」というのが国名になる、と本に書いてあるのだが「イランガイ」がタミル語でどういう意味なのかは書いていないので窓目くんはその意味がわからない。アッパやアンマがその名で母国を呼ぶのかどうかもわからない。彼らが、セイロン、と言うのは聞いたことがあったけれど、それは国名でなくセイロンティーとか、セイロンシナモンとか言うときに聞いたのだったかもしれない。

実際、言葉は両民族間の軋轢の大きな要因だったようだ。自治領としての独立後もしばらくのあいだ公用語は英語だったので、公文書などを記す際には英語を用いる必要があった。しかし実際に生活で用いられているのはシンハラ人ならシンハラ語、タミル人ならタミル語で、英語教育の行き渡りも地域によってずいぶん差があったようである。そのなかで現地語を公用語化する動きが出るのは自然な流れだったのだろうが、シンハラ人のナショナリストたちはシンハラ語だけを公用語にしようとして、タミル語を、タミル人をこの国の中心から排除しようとした。

スリランカの民族構成はシンハラ人がおよそ七五パーセント、タミル人がおよそ一五パーセント、ムスリムを意味するムーア人がおよそ九パーセントで、残りが入植者であるユーラシアンや入植者と現地人のミックスなどとされる。でもこれは内戦後の調査に基づく比率だから、そこにはアッパとアンマは入っていない。内戦による死者は十万人以上、国内への避難民は三十万人以上、国外への避難民は十万人以上で、実際にはもっと多いと本に書いてあるが、内戦前の民族構成比がどうだったのかとか、内戦による死者や避難民の民族構成比も窓目くんが読んだ本ではよくわからなかった。それは歴史というものの常だが、と窓目くんは思う。スリランカという国名がシンハラ語であることに象徴されるように、スリランカについて現在時から書かれた本は、シンハラ側である政府と軍が、タミル側の武装組織に勝利した結果実現している現状から振り返られたものだから、その国におけるタミル人のことを知ろうと思ってもよくわからないことが多い。現在のスリランカに暮らすスリランカ人についてのニュースや記事を読んでも、窓目くんにはそれがシンハラ人なのかタミル人なのかすぐにわからないことがしばしばあった。タミル人は内戦で負けたが、スリランカにはいまも多くのタミル人が住んでいる。タミルの歴史を調べようとしても、少なくとも日本語で書かれた本を見つけるのはなかなか難しい。

シンハラが勝利した内戦の前後で民族構成比が大きく変わらなかったのだとして、ともかく四分の三ほどを占めるシンハラ人が少数派のタミル人を虐げていたような構図を思い浮かべかかるが、少し調べればことはそう単純でなかったことがわかる。言語の面で見れば、英語が公用語だった植民地下においてはタミル人が住む北部のジャフナなどでは宣教師らによる英語教育が盛んに行われていた。そのため英語を学んで北部から中央に出たタミル人たちが国家の中枢にかかわる公職に就くことも多く、その状況が一部のシンハラ人に危機感を抱かせた。それは民族対立の歴史と結びつき、排他的な運動へとつながっていく。つまり公用語単一化の動きに見られるようなシンハラのナショナリズムは、多数派と少数派という力関係における迫害ではなく、自分たちの言葉や文化が駆逐されてしまうのではないかというシンハラ側の危機感に反応して高まっていった。そこには多数派であるがゆえのおそれと、多数派であるがゆえに発揮された暴力性もあったのかもしれない。そう考えると、数の多さも、身につけた能力の豊かさも、強さなのか弱さなのかわからなくなる。そしてパージされるタミルの側でもナショナリズムが高まっていく。内戦が泥沼化する。

二〇〇九年五月、タミル人側の武装組織タミル・イーラム解放のトラ（LTTE）の敗北宣言と大統領の勝利宣言を以て内戦が終結する。長い内戦の影響は人的にはもちろん、経済や社会の面においても大きなものだった。加えて二〇〇四年に発生したスマトラ島沖地震による津波被害も甚大で、内戦終結後のスリランカは復興と開発の時期を過ごす。そして現在では沿岸部を中心としたリゾート地や内陸部の仏教遺跡や各地の自然遺産などを資源とした観光産業もずいぶん発展しているという。グローバルなリゾートグループも参入し、世界遺産ツアーやアーユルヴェーダのトリートメントを売りにした豪華なホテルも多くある。しかしこれも歴史の常として、戦争の最大の被害者は市民である。復興と発展の陰で、敗者の側であるタミル人はもちろん、勝者の側であるシンハラ人であっても、内戦中に家族や住まいを失ったり奪われたりしたひとがたくさんいて、その傷は現在のスリランカにいまも深く残っている、と本には書いてあった。そしてアッパとアンマはもうそこにはいない。ふたりは一九七八年からずっとロンドンに住んでいる。

ロンドンに移る前、アッパはお茶畑で働いていたそうだ。ロンドンに移ってからは精神科の医院で看護師として働いた。全然違う業種だが、どういう経緯でそうなったのかはわからない。スリランカにいた頃から看護師の資格や教養があったのか、それともロンドンで生活するために転身したのか。アッパの頼もしい厚みを備えた体がスリランカの山間部の茶畑に在ることを、窓目くんは想像できる。スリランカには行ったこともないが、想像は自由だ。

ロンドンの病院で看護師として働くアッパの頼もしさも想像ができる。思い浮かべるアッパの姿の頼もしさと裏腹に、その想像じたいは頼りなく、そこでアッパがなにをしているのか、どんな動作や作業が行われているのかを考えようとすると途端になにもわからなくなる。

彼らの行き先がロンドンであったのは、イギリスの統治が長かったことと関係しているのだと思うが、本によれば国外に避難したタミル人のほとんどは南インドに向かったそうだった。タミル人はもともと南インドに住んでいた民族だし、距離的にもその方がずっと近い。スリランカからロンドンへ移り、そこで暮らすと決めることはきっと容易な決断ではなかった。そもそも当時スリランカからロンドンにはどうやって行ったのだろうか。飛行機だったのか、それとも海路だったのか。その決断も、移動手段も、そしてロンドンに移ってからの詳しい状況も、窓目くんは聞き及んでいない。

けれども窓目くんの手記には、アッパがロンドンで移民局かどこかに提出する書類を書くときに自分のファーストネームをファミリーネームの欄に間違えて書いたために、アッパの名前が家族のファミリーネームになったエピソードが記されている。アッパはそれを愉快そうに話した。それを話すアッパの横で、アンマが笑っていることも記されている。アンマはあまり笑った顔を見せないから、そのことは特に窓目くんの印象に残っていた。その名前は昨日からけり子の苗字にもなった。

長男のジョナサンが産まれたのは一九八一年。彼らがロンドンに渡って三年が経った年だ。その二年後に妹のジャスミンが生まれた。ジョナサンの話では、ジョナサンが八歳のときに一家は一度スリランカに戻り、一年ほどジャフナで生活している。その事情や理由も窓目くんはよくわからない。しかしジョナサンにとって、少年時代のはじまりの一年間を両親の母国で過ごしたことは特別な時間、特別な経験だったに違いない。それは自分にも覚えがあるが、夏休みに田舎のばあちゃんちに行く、あの記憶に似ているかもしれない。自分は毎年岩手のばあちゃんの家に行っていたけれども、と窓目くんは思った。ジョナサンの場合は一年間、それも毎年じゃなくてその一年きりだったのだから。ジョナサンの特別な夏休み、と窓目くんは手記に記している。ジョナサンはその一年でタミル語をマスターした。いまでもスリランカの親戚とほぼ不自由なくタミル語で会話ができるという。年表を見ただけでは、その頃のスリランカの情勢が落ち着いていたとはとても思えない。ジャフナのある北部では九〇年前後にもたえずテロや暗殺が起こっている。でも窓目くんがジョナサンに聞いた話では、ときどきボムの音が聞こえたりしたけどそんなに危険ではなかった、ということだった。でも私は小さかったからよくわかってなかったのかもしれない、とジョナサンは半分英語、半分日本語で言い添えた。もしジョナサンがそのままスリランカにいたら俺はジョナサンに会えなかった、けり子もジョナサンに会えなかった、と窓目くんは記している。ジョナサンはロンドンで国際弁護士になって、仕事で東京に来たときに六本木のバーでけり子と知り合った。

アッパとアンマが子どもを連れて一年だけスリランカに帰った理由も、またロンドンへと戻った理由もわからないが、結局一家はその後ずっとロンドンで暮らしている。アッパとアンマのロンドンでの暮らしはもうすぐ四十年になろうとしていて、アッパとアンマがいま何歳だか窓目くんは知らないが、おそらくはもうスリランカで暮らした時間よりロンドンで暮らした時間の方が長くなっていると思う。にもかかわらず、彼らの生活の、少なくとも食の部分に関しては、ずっとスリランカのスタイルが貫かれていて、彼らは自宅で毎日スリランカの料理をつくって食べている。まるで母国から離れたからこそ頑なになったかのようだ。けり子が言うように、その熱意が尋常ではない。それは食べることに対する熱意なのか、調理することに対する熱意なのか、そんなに切り分けられるものではないのか。ロンドンにある彼らの家のキッチンと食卓を見る限り、そこはスリランカである、見たことはないが、と窓目くんは記している。

イギリスの食事はまずいなんて偏見だと思うが、たとえイギリスの食事が口に合わなかったのだとして、ロンドンで四十年も暮らしながらスリランカの食生活を貫くことなんてできるのだろうか。できる。その紛れもない証拠がいまここにある、と窓目くんは目の前に並びつつある料理の皿を眺めた。黙々と調理を進めるアッパとアンマによって、小伝馬町のマンションの一室のテーブル上にもいまスリランカが現れつつあった。

チキンはまだ蓋をした鍋で加熱され続けていた。アッパがまたペティナイフでにんにくを叩いて皮を剝き、切った。二片、三片と同じように切る。合間にナイフの先でまな板をとんと叩いて音を鳴らす。どの料理にもにんにくが入っている。あと青唐辛子。アッパが手を洗いながら、ガーリックとチリとオニオンはベリーインポータントだ、と言った。

アンマがロンドンから持ってきたカレーリーフの葉を袋から六枚ほど取り出してまな板に置いた。私たちは、コリアンダーリーフよりカレーリーフをたくさん使う、と窓目くんに言った。カレーリーフは月桂樹の葉を細長くしたような形をしている。

家で育ててるの？　と窓目くんはアンマに訊いた。

家の庭でも育てているけど、ロンドンは曇りの日が多くてあまり大きく育たない。だからいつもスーパーで買う、これも買って持ってきた、とアンマが教えてくれた。

ああ、そうなんだ、と窓目くんは日本語で返事をした。

暖かいところでは大きく育つ。そう言ってアンマは自分の背より高いあたりに手をやった。セイロンにはこれくらいの木もあるよ。

彼らがたびたび窓目くんに向かって材料や調理について説明してくれるのは、窓目くんがふたりにスリランカの料理を教えてほしいと言ったからだ。なので窓目くんはふたりの調理の工程を細かくノートにメモしている。つまりこれはレシピだ。

アンマが新しい鍋にオイルをひいて、マスタードシードを入れた。アンマは小袋に入ったマスタードシードを一度左手に受けてから鍋に入れている。一度に入れすぎないよう量をはかっているのか、それとも別の理由かわからないが、窓目くんはその所作を見て、美しい、と感じ、ノートにそう記した。鍋にはまだ火が入っていない。アンマは中華鍋の前に移って鍋の蓋をとった。アッパがいつの間にかいなくなっていた。中華鍋から湯気があがり、じゅくじゅくと煮立つ音がたった。照り焼き、とアンマが言って、窓目くんに木べらを渡した。窓目くんが木べらで中華鍋のなかを軽く混ぜると、チキンの嵩の三分の一くらいまで水分が出ていた。肉から出た水分だ。アンマが横から鍋をのぞいて、水はもっと出る、と言った。アンマは鍋の蓋は戻さず開けたままにして、さきほどまな板に置いたカレーリーフを水道で洗ってから半量を手でちぎって、アッパが切ったにんにくの上に置いた。

トイレに行っていたアッパが戻ってきた。アッパの足音がまたすっすと鳴る。アッパも裸足だがアンマも裸足で、ふたりとも靴下も履いていない。四月頭だからふだん日本にいるひとは裸足ではまだ寒い。窓目くんもけり子も靴下を履いていた。ジョナサンは裸足だった。ロンドンでは室内も土足の家が普通だが、アッパとアンマは土足でなく玄関で履き物を脱ぎ、室内ではほとんど裸足で過ごすという。裸足に慣れているから寒くないのか。アッパはセーターを着ていたし、ジョナサンもセーターを着ていたが、アンマは半袖で花柄のムームーみたいな服を着ていた。アッパが蓋の開けられた中華鍋のなかを見て、窓目くんになにか言った。チキン、水、カレーパウダー、ジェリーがどうのと言っている。窓目くんは聞き取れないが、チキンから出た水分はコラーゲンを含んでいるので冷やすとゼリー状に固まる、と言っているのかもしれないと思い、その思いを込めて窓目くんは、イエス、と言った。

アンマは先ほどマスタードシードを入れた鍋に、フェネグリークシードとフェンネルシードも加えて、コンロの火を点けた。それからさっきアッパが切ったにんにくも加え、そのあとにちぎったカレーリーフも加えて、スプーンで軽く混ぜた。熱くなった油のなかでスパイスやリーフがちりちりと小さな音をたてた。

蓋を開けたままにもかかわらず、中華鍋のチキンからはアンマが言った通りさらに水分が出てきて、チキンがひたひたの状態になっていた。もちろん水は加えていない。アッパが、見ろ、と窓目くんに言い、窓目くんは見る。

アンマがダイニングテーブルから先に揚げておいた茄子と玉ねぎの皿を持ってきて、オールレディフライドオニオン、と言いながら素揚げした玉ねぎを鍋に入れた。スプーンで少し混ぜてから、リトルビットアウォーター、と言って水を少し入れた。タマリンドジュース、と言いながら水で戻したタマリンドの入った器を手に取り、タマリンドを手でつぶしてボウルにジュースを絞り出した。絞ったタマリンドは水の入ったコップに入れる。ボウルのなかのタマリンドジュースを鍋に入れるが、そのときもボウルから直接注ぐのではなく、右手でジュースを受けるように鍋に加えていた。コップに入れたタマリンドの搾りかすをまたもとの器に戻すと、手で細かく揉みほぐし、その実がついた手を鍋の上に掲げて洗うように器の水を流し、鍋に注ぐ。手についたタマリンドも無駄にしない。ティッシュ、と言ってアンマはティッシュをとって手を拭いて、それから鍋に塩を少し入れ、それからカレーパウダーも入れた。アッパとアンマがふだんから使っているカレーパウダーはオレンジの色味が強く、おそらくチリが多めのタイプで、日本のカレー粉とは色も香りもずいぶん違う。自家製というわけではなく既製品だそうだった。アンマは鍋を少し混ぜ、味見をして、少し塩を足し、また味見をした。

後ろのテーブルでは遅れてきた友人も加わって話が盛り上がっていた。さっき仁と茜の夫婦が来て、仁が八朔さんとなにか話をしていた。仁の仕事の話のようだが、プードル犬がどうとか、動物愛護がどうとかで、窓目くんは料理のほうを気にしているのでときどき言葉が耳に入るだけでは脈絡がつかめない。一応聞こえた言葉はノートにメモしておいた。茜ちゃんはジョナサンに昨日の結婚式の様子を訊ねていた。八幡とかお稲荷とか言っている。テーブルの上にはすでにできあがっている料理もたくさん並んでいた。さっきジョナサンが丸めて並べていたカトレットも、すでに衣をつけてきれいに揚げられ、テーブルの連中は飲みながらちょこちょこつまみ食いをしていた。アンマが豆のカレーの前につくったのは、ブロッコリーを千切りの生姜でさっと炒めてそのまま蒸すように火を入れたものと、刻んだオクラとトマトをスパイスとカレー粉で炒めたもの、ゴーヤとにんにくとスパイスを炒めたもの。それからウラド豆という豆のペーストを穴あきの円形にして揚げたワダというドーナツのようなもので、これとカトレットはアンマが豆のカレーをつくりながら揚げた。ワダには細かく切った青唐辛子とカレーリーフ、マスタードシードとフェンネルシードも入っている。ワダの生地を丸く手のひらにとって形を整え、真んなかに小指を挿し込んで穴をあける。アンマのその所作はやはり美しく、そしてかわいらしかった。

アッパがチキンの鍋を軽く混ぜはじめた。さっきまでより少しコンロの火が強くなったかもしれない。水分を飛ばす段階に入ったらしい。水はさっきより少し減っていた。エバポレート、とアッパが言い、濃縮だ、と窓目くんは思う。しかしアッパはそこで鍋にふたたび蓋をして、窓目くんはそれでは水が飛ばないのではないかと不思議に思ったが、気持ちとは裏腹に、イエス、と言ってしまった。

アンマが鍋の塩加減をアッパに味見してもらう。モアソルト？ とアンマが訊くと、アッパが、照り焼き、と窓目くんの方にスープをすくったスプーンを差し出した。窓目くんが手のひらでスープを受けると当たり前だが熱く、あちっ、と言うとテーブルの方で笑い声があがった。味を見ると、うまい。しかし辛い。ジョナサンがそばに来て、熱い？ と訊いた。窓目くんが舌を出してうなずくとジョナサンは、ざらざら？ と言った。

いや、ざらざらではない。

窓目くんがなんと言おうか迷っていると、アンマが、ホット？ と言った。窓目くんはうなずいてから、でもオーケー、テイスティ、と言って、ジョナサンに、ぴりぴり、と言うと、ジョナサンは、目を丸くして嬉しそうな表情になり、照り焼きちゃんぴりぴり、と繰り返した。

アッパが塩気と酸味のバランスについて説明をしてくれたが詳しくはよくわからず、結局塩はそれ以上加えられなかった。アンマがここでようやく皿に残されていた素揚げした茄子を鍋に加えた。八朔さんがキッチンの方に来て、なにこれ、と言うので、窓目くんは、茄子だよ、と言った。茄子！ と八朔さんは驚き、窓目くんは、フライドエッグプラント、と言った。八朔さんの娘の円《まどか》はもうすぐ二歳になる。今日は連れてきていなくて、家で植木《うえき》さんと留守番している。アンマがスプーンでひと口すくって八朔さんに差し出した。ユーキャンテイストイット、とアンマは言ったが、八朔さんにはテイスティと聞こえたようで、味見をする前から、テイスティ、と繰り返した。口にすると、あ、いい味、と言った。

来週の火曜日にもここで料理教えてもらうんだ、と窓目くんは八朔さんに言った。

そうなんだ、よかったね。火曜日仕事じゃないの？

仕事のあと、夜に。そのときはね、イディアッパムの作り方教えてもらうんだよ。

へー、なにそれ。

アッパが中華鍋の蓋を開けた。蓋をしていたのに、さっきより水分が減っていて、ほとんど水気がなくなっていた。アッパが木べらでかき混ぜると、底にはまだ少しだけ水分があり、火はそのままにアッパはまた蓋をしたが、蓋はさっきより少しだけ傾けてある。水分をコントロールするアッパの鍋の使い方と火力の調節が窓目くんには達人的なものに思えた。

アンマも茄子を入れた鍋に蓋をして、こちらも加熱を続ける。オーベジンカレーはベリーイージー、と中華鍋の前でアッパが言った。オーベジンはイギリス英語で茄子のことだ。オーベジンカレーの前にいるアンマはなにも言わない。

八朔さんの娘の円はもうすぐ二歳だから来年には三歳になって、再来年には四歳になる。五歳六歳、当たり前だがすごいことだ、と窓目くんは書いている。

茄子のカレーもチキンのカレーもできあがった。アッパはさっきチキンを煮詰めていた中華鍋を洗って、またカセットコンロに載せてよく熱し、油をたっぷり引いて、マスタードシードを入れた。火は中火。マスタードシードがパチパチと音を立てはじめたところにカレーリーフを加えた。油が熱すぎたようでいったん鍋をコンロから下ろした。音が安定したところでまた鍋を戻す。火力はいじっておらずそのまま。フェンネルシードを多めに入れる。スライスした玉ねぎを入れる。玉ねぎはふた玉分くらいある。青唐辛子一本を小口に切ったものを入れる。火力はそのままに木べらで炒めて油が全体に行き渡ったら混ぜずにそのまま置く。木べらを左手にぽんぽんと打ちつけてくっついた具材を鍋に落とす。鍋のへりを叩かず手を打って落とすことで、鍋もへらも傷まない。うるさい音もしない。細かなところだが、そういうところを真似したい、と窓目くんは思った。そしてそれをノートに書いた。

中華鍋はそのままにアッパはシンクの水を出して、手を洗い、袖をまくった腕までよく洗い、そしてそのまま流しに置いてあったボウルも洗った。料理をしながら洗い物や片づけをするのはなかなか難しい。ロンドンの家でも、今日みたいにアッパとアンマはふたりとも料理をすると言うから、作業は自然と効率的になるのだろうと窓目くんは思った。ボウルをすすぎながらアッパが、照り焼き、と窓目くんの方を振り向いてなにか言おうとした。そのとき目を離したアッパの手元で水流にボウルが近づきすぎて水が勢いよく飛び散った。おう、と誰かの声があがった。アッパは慌てて手元に顔を戻し、憮然とした顔をした。窓目くんの位置からその顔は見えなかったはずだが、窓目くんはたしかにそう記している。ジョナサンとけり子がティッシュやタオルを手に濡れた床や壁を拭いた。黙っているアンマが残念そうな顔をしているように見えたが、アンマはさっきからずっとそんな顔をしていたようにも思った。

アッパが中華鍋の前に戻って玉ねぎを少しかき混ぜた。さっきの飛沫でお腹のあたりが濡れている。窓目くんはビールを飲みながらアッパの調理を観察していた。アッパの料理の先生は誰？　と窓目くんは英語で訊いてみた。

先生はいない、とアッパは言った。私はお母さんから料理を教わった。子どもの頃に、お母さんを手伝いながら覚えた。アッパの英語は急にわかりやすくなった。

彼のお母さんはベジタリアンだった、と流しでふきんを絞っていたアンマが言った。ノーミート、ノーフィッシュ。ナッシング、オンリーベジタブル。アンマは水を止めて、調理台の袋からまたカレーリーフを十枚ほど取り出してまな板の上に置いた。カレーリーフは大きめのポリ袋に大量に入っていた。まな板の上には、さっきアッパがサイコロ状に切った豚のヒレ肉も待機していた。ヒレ肉は二キロぶんくらいあってまな板の上で山をなしている。

アッパはまたかき混ぜた木べらを左手に打ってから脇に置き、アンマが出したカレーリーフを手に取ると、カレーリーフについて話しはじめたが窓目くんの理解が追いつかぬまま話はいつの間にかロンドンでNHKの英語放送を見ている話になっていて、最近見ておもしろかった番組について教えてくれているようなのだが、よくわからない。話がいち段落するとアッパはまた玉ねぎを少し炒めた。

仁が缶ビールを飲みながらキッチンに様子を見に来た。アッパが自分はシナモンをかじるのが好きだ、とさっき言っていた話を仁にして、驚いている仁にシナモンスティックを出してかじらせた。ロンドンではシナモンがとても高価である、とアッパが言った。

あ、おいしい、と仁が言った。

日本でお菓子に使ったりするシナモンと、インドやスリランカで料理につかうシナモンは微妙に違う。窓目くんはそれを仁に教えると、彼はへえ、と感心して、これほんとにおいしい、トウキビみたいで甘い、と言った。

アッパもシナモンをまたひとかじりして、鍋の玉ねぎを炒め、それから肉が山盛りになっているまな板の隅で、生姜を薄くスライスし、四枚ほど重ねた薄切りをさらに千切りにし、それを九十度回して端から切ってみじん切りにした。それをナイフの刃で集めて小さな山をつくる。その合間合間にも、ナイフの先でとんとん、ととん、とリズムをとっていた。また鍋を少し混ぜる。玉ねぎは少し茶色くなってきたが、まだ焦げてはいない。火はずっと変わらず中火。アッパは流しでさっと手を洗い、まな板の豚肉を鍋に入れていった。右手で肉の山をつかんで、どんどん鍋に投入していく。肉を入れ終わったら、みじん切りの生姜の山も入れる。すべて入れたらまた手を洗って、玉ねぎと豚肉を炒めていく。ジョナサンがテーブルからなにか言って、アッパがそれに応えた。二、三往復したやりとりはたぶんタミル語で、窓目くんには全然わからないが、その音を心地よく聞いていた。

アッパは肉にわずかに火が通ったところで塩を入れた。チキンのときと同様に、少し多く思えるくらいしっかりと入れた。そしてこれもチキンと同じく肉からしっかり水を出すのだ、とアッパは言って、肉の表面が白くなるくらいまで炒めると鍋に蓋をした。

ジョナサンが、照り焼きちゃん、と窓目くんを呼び、アイニードユアヘルプ、と言った。窓目くんは、ヘルプ、OK、と応え、なんでもやるよ、と言いながらテーブルのジョナサンのところに行くと、ご飯を炊いてください、とジョナサンが言った。

その後豚肉は、チキンのときと同じように肉から出た水分を煮詰めていき、水分のなくなったところでカレーパウダーを加え、炒めながら混ぜていった。だいたいできあがったように見えるところで、粗みじんにしたにんにくを最後に加える。あとは味見で塩を調整して完成。

テーブルに料理が並んだ。窓目くんはスマートフォンでその写真を撮ったが、その味について細かく手記には記していない。おいしかったことは書かなくても覚えていられるから。数えたら室内には十五人ほどいて、窓目くんのよく知らないひとも何人かいた。

彼らが囲むテーブルには、豆の粉を薄くのばして揚げたパパダム、ワダ、カトレット、ゴーヤ、オクラとトマト、ブロッコリー、豆のカレー、チキンのカレー、茄子のカレー、ポークのカレー、そして窓目くんが炊いたバスマティライスがそれぞれ大皿に盛られて並んでいた。カードチリという青唐辛子の漬物のようなのは、アンマが家でつくったのをロンドンから持ってきた。グリーンチリをヨーグルトと塩につけて乳酸発酵させてから乾かしたものだという。

皿にご飯と好きなカレーや野菜をとって、それを指先で混ぜる。その指の使い方は、なにかに似ているような気がするけれどなにに似ているのか思い出せない。どういう動きと言えばいいか、子どもがなにかを弄ぶようでもあり、動物をじゃらかすような感じでもある。とんがった帽子のてっぺんをつまむような動き。アッパが、手を使った上手な食べ方をみんなに教えてくれた。指先でカレーと混ぜたご飯を集めて、さじのような丸みをつけた親指以外の指にのせる。そしてそれを口元に運び、指先の方を口に向けたら、親指で口へと押し出すようにして、食べる。

窓目くんの手記2

ラーメンカレー

対面での簡単なやりとりならばともかく、こみいった話を英文で送るとなると窓目くんの英語力ではお手上げだった。

Tell me more about your job.

あなたの仕事について詳しく教えて。窓目くんはできるだけ端的に、わかりやすく説明するつもりだったが、シンプルに答えようとすればするほど、その答えを構成する一語一語に少し説明が必要であるように感じられてきて、加えた説明にまた別の説明が必要になった。そのうちに、俺はなぜ働いているんだろう、という根本的な疑問も心中に浮かんできたりする。いったいなにから話しはじめたらいいのか。そしてどこへ行き着けばいいのか。ともかくあらゆる話には前段があり、その前段を構成するひとつひとつの語彙と自分とのあいだには抜き差しならない関係があり、つまり話は延々と継ぎ足され、はじまりの地点を遡っていくばかりだ。

それは自分の仕事への愛着や思い入れによるものでもあったけれど、窓目くんの返答の一語一語に過剰とも思える情熱が注がれるわけは、なによりその返答を向ける先つまり当の質問者への恋慕の感情だった。

翻訳ソフトは窓目くんの書いた日本語を自動で英語へと翻訳してくれる。とても簡単だが、ふだん他人と日本語で会話したり、メールを打ったりするような言い方では、しばしば翻訳された英語はもとの意味を失ったり、別の意味にすり替わったりしてしまう。うまく使うにはコツがいる。窓目くんは、なるべく日本語独特の婉曲や謙譲表現を避け、端的な言い方を心がけた。一文を短く、主述を明快に、なるべくシンプルな構文にするとだいぶ精度が上がった。私の仕事に関する複雑な説明を、シンプルな文章でお届けしたい。

それでもしばしば、窓目くんの胸中で一方からもう一方へと少しずつ重心が移動していくような微妙な感情の推移や背反を表現したくもなって、そうすると画面上には明らかにもとの意を見失った訳文が現れたりもするのだった。修正、改良を試みつつも、その歪な英文こそが自分と彼女とのあいだにあるやがて越えられるべき障壁であると思えば、あえて文脈の通らなそうな文面をそのまま送りつけたいような気持ちにもなった。

送り先はロンドンにいるシルヴィである。

Sylvie.

窓目くんは文面の冒頭にあるその名前を口にしてみた。とたん胸中には彼女へのラブリーが溢れる。

My dear.

続く文言をふたたび声に出し、胸からこみ上げるラブリーが喉に詰まって思わず声が出なくなった窓目くんは、少し涙のにじんできた目で続く長い文面を眺めながら、君への返答はこんなにも複雑で長い文章になってしまう、と心のなかで呟いた。そして波立った気持ちが少し落ち着くのを待ってから、そこにいないシルヴィに語りかけるように、先ほど送信した文面を読み上げはじめた。

I like curry.

いったいなにから話しはじめたらいいのか。そしてどこへ行き着けばいいのか。

私はカレーが好きだ。その前はラーメンが好きだった。私はいま、加工食品のための食品原料を製造する会社で働いています。加工食品のための食品原料とはどういうものか？　それはカップラーメンとかレトルトカレーといったインスタント食品に用いられるチキンエキスやポークエキスパウダーなどのことです。あるいは、それらを混合した複合調味料（たとえばシーズニングスパイスや、シーズニングオイルなど）。

あなたが日本のお店で売られているカップラーメンの原材料を確認するとき、あなたは実に様々なものがそこに含まれていることに気づくだろう。それらのほとんどは、日清食品とかエースコックといったカップラーメンメーカーが作ったものではなく、私たちが作ったものです。私の会社の名前は広く知られておらず、製品に社名が表示されることもめったにありませんが、私たちの生産した製品は、実は市民生活のすぐそばに存在しています。私たちは暗躍しているのです。

世の中には、手作りのものを好み、加工食品を避けるひとも多くいます。その理由のひとつは、食品添加物への忌避である。加工食品には食品添加物が含まれているものが多い。そう、私たちの製品は、その利便性ゆえに多くの製品に愛用されているが、同時に、しばしば厭われてもいる。しかし、食品添加物をひとくくりに遠ざけ、その結果として加工食品をひとくくりに嫌うことは、多くのひとくくりと同様に、愚昧な偏見と言わざるを得ない。

　加工食品にしろ、食品添加物にしろ、その本来の存在意義は、手作りのおいしさを簡便に得ることである。つまり各人の好みと目的、必要性に応じて用いられるのであれば、それは極めて経済的《エコノミカル》に、あなたの食生活を、ひいてはあなたの生活全体を、豊かにするだろう。ここで重要な点は、あなたは必ずしも経済《エコノミー》と引き換えにあなたの健康を犠牲にする必要はない、ということです。

　あなたが多忙で食事の準備にじゅうぶんな時間がかけられないとき、一杯のスープをつくるために睡眠時間を削って鶏ガラを煮出すのはクレイジーだ。あなたは寝不足で健康を害し、それによる損失はあなたが手間暇かけてつくったスープ一杯では補いきれないだろう。

　いまここに巨大な鍋がある。そのなかで、五〇〇キログラムの鶏ガラが茹でられている。やがてチキンのエキスがスープに溶け出していくだろう。私はそのスープを濾して、だしがらを除き、さらに煮濾《にこ》した液体を濃縮機という機械にかけるだろう。そして濃縮された液体に塩を加えるだろう。それが私の仕事、そしてできあがるのがチキンエキス。このチキンエキスをお湯で薄めると、鶏ガラを煮出したのとほとんど変わらぬチキンスープができあがる。忙しいあなたは、チキンエキスを用いることで、忙しい夜に手鍋で何時間も鶏ガラを煮ることなく、やかんにお湯を沸かすだけで、簡単にすばやくチキンスープを飲むことができるだろう。そしてじゅうぶんな睡眠をとることができるだろう。

もちろん、あなたに時間があるならば、手鍋で鶏ガラを煮出せばよい。チキンエキスを用いたスープよりもあなたが手間をかけてつくったスープはおいしいに違いない（あなたがかけた時間と手間はたしかにその料理の味をよくするに違いない。それは気のせいではない。料理の味は化学的にのみ決まるのではない）。しかし、忙しい夜にあなたはその方法を選ぶべきではないだろう。

忙しい夜のあなたに代わって、私たちは日々チキンエキスを製造しているのです。

でもあなたはまだ不安を拭いきれないかもしれない。前述の通り、実際に世の中には有害だったり粗悪だったりする添加物がないわけではない。それらを摂取する危険を避けるために、加工食品を避けるというのもひとつの方法ではあるだろう。

また、そもそもなにが危険で、なにが危険でないかという判断は、ひとりひとりが賢明にジャッジすべき問題だ。それが明らかな毒物でない限り、ある食品があなたの健康にとってどう作用するかは、なによりもまずあなたの身体の状態に問いかけるべき問いである。塩は人体に必須の栄養素ですが、塩分の摂り過ぎは体に悪い。人間の体の七割は水でできているが、だからと言って水を過剰に飲むことは決して健康的とは言えない。

加工食品や添加物をめぐる偏見のうちもっとも素朴なもののひとつは、私たちが行っているような化学的工夫を「不自然である」という理由で否定的に捉え、ゆえに人体に有害であるかのように考えるものです。しかし、加工方法が化学的《ケミストリー》だからといって、その食材が化学的《ケミカル》であるとは限りません。私たちが鶏ガラと水と塩を原料に、化学的な知恵を用いてチキンエキスを製造するとき、その原料は鶏ガラと水と塩であり、あなたが家で煮出すチキンスープとまったく同じである。加工食品や添加物の有害性を不自然さと結びつけるのは間違っているし、化学的であることが即人体に有害というわけでもない。少し考えれば、ある食品が天然由来であることと、化学的であることとが、対概念になりえないことはわかるはずである。化学的でない食品などないし、化学的でない料理などありえないのですから。

それに私たちは無闇に矢鱈滅多ら化学的な工程を食品に施すのではありません。そこには合理的な理由と安全な方法がある。私たちがチキンスープを濃縮するのはなぜか。煮出したスープをわざわざ濃縮し、食卓に上げる際にまたお湯で薄めるというのは、一見二度手間のように思える。しかし考えてみてください。濃縮されて嵩が減ったことによって、あなたはあなたのキッチンの収納スペースのなかに何十杯分ものチキンスープを容易にストックすることができるのです。

このダウンサイジングは、輸送上の利点も生む。軽く、小さくなることで、輸送が楽になり、輸送費を落とすことができる。輸送費の削減は、製品価格をより安価にするでしょう。塩を加えることもこれと同じ効果があります。塩を加えることで食品は腐りにくくなり、常温での輸送が可能になるのです。あなたが宅配便を利用するとき、クール便の方が常温便よりも値段が高いことをぜひ思い出してください。温度を低く保った輸送には常温の輸送よりも費用がかかるのです。さらに発見してください。チキンエキスの水分を完全に飛ばすことで、私たちはそれを粉末状にすることさえ可能なのだということを。これによって保存性をより高め、輸送費をより抑えることができる。粉末は、液体よりも軽く小さいのです、明らかに。エキスにとどめるか、粉末に至るか、これはその製品の性質や需要の背景、生産量と加工費のバランスなどによって決定されるでしょう。

話がいささか込みいってきました。私が言いたいのは、無知ゆえの偏見は愚かであるということ、もう食品に限らず、というかこの世界のあらゆることに通じる話なのです。もちろんひとは好きなものを好きなように食べる自由があるのだから、天然由来のものしか口にしない選択をするひとがいたとしても、それはなんら非難されるべきものではない。ある食材が素晴らしい品質であるとき、その味をダイレクトに味わうためには、なるべく手を加えるべきではない。うまい野菜を生でかじるとマジでうまくて驚く。そういうことは確かにあるが、私の言いたいことはそれが対立するのではなく、並立する話であるということです。人間の健康とか食のよろこびが、あるひとつの理念のもとにおいてのみ語られたり、誰かの理念がほかの誰かに押しつけられたりすべきではないのです。私は食品製造に関わる者のひとりとしてそう思う。人間は全智の神ではないから、無知であることからきっとどこまでも逃れ得ないし、この世界においては完全な公正こそがもっとも難しい目標であるとわかっているつもりだ。けれども、だからこそ、そのほとんど不可能な目標に向かって日進月歩、一日一歩、三日で三歩、三歩進んで二歩下がる、そんな小さな努力を積み重ねていくべきだと思うのです。

違った、私はそんな主張をしたいのではなかった。私は私の仕事について、私の職歴についてあなたに説明しているのだった。話が長くなって申し訳ない。私の愚かさを笑って許してほしいと私は願う。ともかく、私たちの製造しているような製品やそれらの製品を用いた加工品をうまく取り入れることで、あなたの健康に利することがもしかしたらあるかもしれない。私はあなたの力になりたい。特にあなたが忙しかったり、料理が得意でない場合において。あなたのシチュエーション次第なのです。あなたに無限の時間とお金があって、優秀な専属料理人が付いているのならば、あなたは加工食品や食品添加物を口にする必要はないでしょう。しかし、あのおかしなアメリカの大統領みたいな大金持ちでもない限り、私たちは毎日限られた時間とお金の範囲内で食事をしなくてはならない。でも私たちはそこでより多くの満足を求めることを諦めたりする必要はないし、健康を犠牲にする必要もないのです。あなたのほんのわずかの知識の不足で、その選択肢を放棄してしまわないように、私はこの話をしているのです。

一点付け加えるとすれば、加工食品は家庭でつくられる料理に比べて塩分の強い傾向がある。これは先ほどの保存性を高める目的とは違い（製品の塩分は最終的に適正な範囲内に調整されるので）、加工食品においては強い味が好まれる傾向があるからである。これは加工食品を多く利用する年齢や属性とも当然相関していて、たとえば子どもや肉体労働の従事者をメインターゲットにした製品においてより顕著である。だから、一般論として加工食品に食生活が偏ることは健康上のリスクを高めると言い得る。しかしやはり、食べることの目的は煎じ詰めれば健康に寄与することなのだから、睡眠時間を削って鶏ガラを煮るくらいなら、塩分に気をつけながら加工食品を選ぶことは決して愚かな選択ではないということを、これだけ言えばあなたはきっとわかってくれたことだろう。何事も肝心なのはバランスだということです。必要な栄養を適切な量摂取すること、過剰に摂取しないこと、それが人間の身体にとってなによりも大切なことなのです。

しかし私はラーメンを食べ過ぎて太ってしまった。私の学生時代の体重は五十二キロ（一一四ポンド）で、二十代のうちはほとんど体重も体型も変化がなかったのですが、いまの会社に入って三年ほどが過ぎ三十代に入った頃、私の体重は七十七キロ（一六九ポンド）になっていました。

私は大学を卒業したあと、一年間調理師学校に通いました。大学卒業を控え、就職について考えはじめたとき、私にはやりたい仕事がなにひとつ思いつかず、全然働きたくなかった。しかしどうにかして食べていかなくてはならない。それならば食べ物のある職場なら食いっぱぐれることがないだろうと思った。それで、料理人になろうと思ったのです。あなたは私を浅はかだと思うだろう。たぶんそれは正しい。

大学生の頃、私は回転寿司屋でアルバイトをしていました。あなたは回転寿司を知っていますか？　巻き寿司《スシロール》ではありません。ロータリー寿司なのです。私はそこで寿司を握っていたわけではなく、ねぎを切ったりじゃがいもの皮を剝いたりするばかりで、調理の経験や技術はなきにひとしかった。だから、料理人になろうと思った私は、大学を卒業していきなり調理の仕事に就くのではなく、一年間だけ調理師学校に行くことにしたのです。私が浅はかさと同時に多少の堅実さも備えていることにどうか気がついてほしい。

一年後、私は中堅の和食居酒屋を経営する会社に就職しました。私は調理師学校に通いながらその会社が経営する居酒屋店でアルバイトをしていて、その職場の雰囲気も、ほかのスタッフとの人間関係も良好でした。それに社内には独立支援制度もありました。私はその頃、将来自分で店を持ちたいとも思っていたのです。

入社してからは、それまで働いていたのとは別の都内の店舗に配属になりました。以前の店よりも少し大衆的な路線の店でした。その店に限らず日本の居酒屋の調理場というのは、大半が男で、上下関係の厳しいいわゆる体育会系の社会であることが多い。私はむかしからそういうコミュニティが苦手でしたし、給料も安く、毎日仕事が終わるのは深夜で、体力的にもきつかったですが、それでも日々自分の技術が向上していることが感じられるのは楽しかった。厚焼き卵を焼いたり、焼き鳥を焼いたり、魚を下ろしたり、だんだん新しい仕事を任されるようになり、それを早く、きれいに、丁寧にできるようになっていく。私はやりがいを感じながら働いていました。

ある日職場の上司が私に、今晩お前の家で餃子を食べながら麻雀をしようと言いました。私はその日休みだったのですが、上司は私に餃子をつくって待ってろと言い、私は昼間から張り切って餃子の皮をこね、餡をつくって混ぜ、大量の餃子を包んで準備しました。夜遅くになって、仕事を終えた同僚たちが私の部屋に集まってきて、私たちは朝まで麻雀をしました。私は一万円くらい負けました。同僚たちは始発で帰り、私はその日十時に出勤しないといけないのでしたが、少し眠ろうと思ってみんなが帰った部屋で横になりました。そして目を覚まし、私は驚いた。時計の針は、午後三時を指していたのです。恐る恐る料理長に電話を入れると、当然のことですが料理長はとても怒っていました。私は泣きながら職場に行って、みんなの前で謝らされました。ゆうべ麻雀をしていたひとたちは休みか遅番だったのでその場にはいなかった。私は寝坊の罰として焼台の上の油まみれのダクトの清掃を命じられ、その後何日かは毎日朝早くに出勤し、ダクト掃除をしました。という話は悲惨な思い出のようですが、実は私にとってそんなに悪い思い出ではありません。寝坊したのは自分の不注意に違いないし、同僚たちも同情して優しく接してくれました。ダクトをぴかぴかに磨き上げたときには爽快な達成感があったものです。

問題はここから先です。入社して二年が経った頃、かつて調理師学校時代にアルバイトしていた店舗に異動できることになりました。その店はいくつかある系列店のなかでも割烹居酒屋を謳った少し高めの価格帯の店で、私は和食の専門的な技術を高めるいい機会だと思いました。それにかつて働いたその店は現在の職場よりも環境がよかったし、成長を遂げて古巣に戻った自分がこれからさらにいろんな仕事を覚えて一人前の料理人に近づいていくことを思い描くと、胸が高鳴ったものです。しかし、いざ着任してみると店の雰囲気は一変していました。新しい料理長はひじょうに暴力的なひとで、アルバイトに対しては愛想がよく物腰も柔らかいのですが、社員スタッフに対しては怒鳴りつけたり殴る蹴るも当たり前、引きずりまわして床に押さえつけて殴るといったほとんど事件みたいな光景も珍しくありませんでした。ああ、こうして書いていても、少し動悸がしてくるようだ。私は彼から冷凍マグロを投げつけられたことがありました。岩のような塊のそれを私は間一髪避け、大きな音をたてて落ちたマグロが、床の上をサーッと滑っていって壁に激突した。その光景を私は忘れられない。

勤務は朝七時から夜十二時まで、社員は休憩もろくにとれず、調理場で仕事をしながら余り物を口にして空腹をしのぐような状態でした。思い描いていたような形では全然なかったし、その環境はひどいものでしたが、私は緊張と激務のなかどんどん新たな技術を身につけていきました。日々少しでも技術を向上させて、目の前に絶えず殺到する仕事をさばいていかなければ料理長の罵倒と暴力に襲われることになる、だから必死だったのです。そんな料理長のもとで、私も、ほかの社員たちも、ぎりぎりの状態で店をまわしていました。いま思えば、もしかしたら料理長自身もぎりぎりだったのかもしれない。社員たちは次々と辞めていきましたが、私はどうにか踏ん張っていました。しかしある日、決定的な出来事が起きた。同僚のアルバイトスタッフのなかに四条《しじょう》という男がおり、彼は料亭の板場で働いていた経験もある歴とした料理人で、歳は四十をとうに過ぎていたと思う。どういう事情で彼がこの店でアルバイトをしていたのか知らないが、その年齢や経歴はもちろん、痩身で目つきの鋭いうえに無愛想な彼はあまりひとを寄せ付けない雰囲気をまとっていて、ほとんどが学生だったアルバイトスタッフのなかではおのずと異彩を放つことになった。ほかのアルバイトや社員スタッフたちも彼とは仕事上必要なやりとりを除けば敬して遠ざけるといった具合に距離を置いていたように思う。しかし腕の方はたしかで、料理長も彼には一目置いていたし、連日多忙を極める調理場において彼が頼れる存在であったことは間違いない。その四条がどういうわけか私にだけは束の間の休憩中や仕事あがりに店の外で一服しているときなど、あれこれ話しかけてきて、その内容は大概どうでもいいような芸能ニュースとか相撲の結果などだったが、私としてもなんであれ親しげにしてくれるひとがいるのは嬉しいので愛想よく応じていたら、仕事中や合間の時間は自然と四条と一緒に過ごすことが増えた。私はときどきそういうふうにある種の存在を引きつけることがあって、公園で私にだけ鳩が寄り集まってきたり、街なかで知らないひとにいきなり話しかけられてそのひとの人生について聞かされたりすることがよくあるのだ。料理長の不条理な暴力への不満は職場にいる者なら誰でも持っていたはずだが、その世界での経験の長い四条はこの店の惨状についても私たちより奥まで見通しているような様子で、つまりそこには構造的な問題があるんだ、みたいなことをわかったふうに言い、それを聞く私も、なるほど、などと思ってそう言った。私と四条はそういう親しさを結んでいて、言わば同志的な関係だった。私にとって四条は殺伐とした職場のなかで唯一の親しい同僚だった。少なくとも私はそう思っていた。

四条がアルバイトの女子大生の加茂《かも》さんに手を出したらしい、と私はほかのアルバイトの学生から聞かされた。そしてその後どうやら四条と加茂さんは付き合いはじめたらしかった。

四十過ぎの料理人と大学生の艶沙汰に同僚たちは下世話な盛り上がりを見せたがそれは別にいい。しかしその頃から四条の振る舞いが怪しくなり、就労中にときどき自分の持ち場を抜け出すようになった。するとその穴埋めをするのは人員の都合上私で、四条のせいで生じた滞りによって料理長の暴力的な怒りを向けられるのも私である。本来責を負うべき四条はこれも料理人経験のなせるわざなのだろう、うまい頃合いを見計らってしれっと調理場に戻ってきて、なんの咎を受けることもなければ、私に礼を言うでも詫びるでもなく、何事もなかったように仕事を再開するのである。四条は彼がすべき開店前の仕込みなどの作業をあれこれ巧言を弄して私に押しつけてくるようにもなった。私に仕込みを押しつけるばかりか、店の裏で四条が加茂さんの尻に自分の下半身を押しつけている場面さえ私は目撃した。ある日、ホールに出ていた加茂さんが運んだ料理について客からきついクレームをつけられた。すると四条は彼女をかばうためか、その責はすべて私にあるとほかの従業員や料理長の前で糾弾、罵倒してきたのだ。それはまったく謂れのないことだったが、忙しい調理場で私をかばう者は誰ひとりいなかった。私はわけがわからなかったが、ともかくいよいよ四条に完璧に裏切られたのだ、という気持ちになって、もう誰も信じられないと思い、なんだかそれで心が折れた。それまでぴんと張りつめていた気力がぷつりと切れた。四条に罵倒された日はそんな具合に心ここにあらずといった具合で仕事を終え、翌日もシフトは入っていたけれども私は実家に帰って、そのまま二度と店には行かず、会社も辞めた。

あのまま料理人の仕事を続けていたらどうなっていたのか、とときどき思う。でも、あのままあの状況に耐えながら働くことが自分にできたとは思わない。きっと遅かれ早かれ辞めるか、頭がおかしくなっていたのではないかと思う。加茂さんと付き合いはじめた四条になにがあったのかはわからない。そもそもどうして彼が私にだけは親しく接してくれていたのか、もしかしたらそれすら私の勘違いだったのかもしれなくて、私は知らぬうちに彼の苛立ちを募らせるようなことをしていたのかもしれない。その後四条が、そして加茂さんがどうなったのか私はまったく知らないが、いま思うと彼らもあの劣悪な環境で働いていたのであり、ある日突然我慢の限界を迎え、その矛先が私に向かったということだったのかもしれない。狂った職場は全員が不幸だ。

そのあと、しばしの休息期間を経て、私はいま働いている加工食品のための食品原料を製造する会社に就職した。新しい職場は、私に合っていたんだと思う。不満や疑問がないわけじゃないが、あの居酒屋のような暴力や異常な過酷さはなかった。あの頃の過酷な労働環境でもともとの痩身からさらにやつれ果てていた私の体重がどんどん増加しはじめたのもいまの会社に入ってからだ。いまの会社に入って、私はラーメンを食べ歩くようになった。それは新しい仕事の充足から来る余裕と愉しみでもあったけれども、もうひとつには私の労働意欲、研究意欲の表れであるのだと言いたい。

最初の方で例として挙げた通り、カップラーメンやインスタントラーメンは我々の業界にとって主要製品のひとつである。日本のスーパーマーケットやコンビニエンスストアには、実在する有名店の名を冠した製品がたくさん並んでいる。それらの製品は、その店々の味をかなりの精度で再現しているが、もちろん店と同じ原料、製法でつくられているわけではなく、その味はまったく別の原料と製法によって再現されている。

いかに手作りのおいしさに近づけられるか。再現性。これは加工食品における永遠のテーマのひとつである。加工食品の特性や利便性は味の問題に限らないが（たとえば医療機関で提供される食事や、行政機関の備蓄食料などにも食品加工技術は大いに貢献しているだろう）、あの店に行かずしてあの店のあのメニューと同じ味を再現したい、という言うなれば不埒な欲望が、加工技術の開発や向上の大きなモチベーションのひとつであったことは間違いないと思う。私たちの食への好奇心と欲望は無限だ。食いしん坊。

味の再現においては、まず再現される対象のところのものを記憶することがなにより大切である。私もまた業界の一端を担う者として、原料や加工方法などについての全般的な知識を得ることはもちろんのこと、いろんなラーメン店のいろんな味を実際に食し、その味を自らの舌で記憶するべく、ラーメンを食べ歩くようになったというわけなのだ。

様々な店のラーメンを食べながら、私は、この店のこの味をどのように再現できるだろうか、と考えるのである。この店がやっているのとは違う方法で限りなく同じ味をつくり出すにはどうしたらいいのか？　その難題に取り組むためにはひと口でも多く、ひとさじでも多く食したい。だから、私はラーメン屋でラーメンを注文するときには必ず大盛りで頼むようになった。ラーメンは中華料理だが、ほかのいくつかの料理と同様、日本で独自の進化を遂げた。ラーメンは不思議な料理である。食べれば食べるほど、さらにラーメンを求めるようなところがあるように私は思う。だから、私は一時期ほとんど毎食ラーメンを食べていた。まるでスピードをあげる自動車のギアのように、毎食毎食、加速度的に、一日一食から二食、二食から三食、三食から四食へと、私の前には大盛りのラーメンが提供された。そしてそれはすべて私の腹に収まっていった。

私はだんだん、なぜラーメンを食べているのか、なぜ食べたいのかがわからなくなっていたかもしれない。そんなことさえ考えず、ただ暴走的にラーメンを欲するようになった。食べずにはいられない、食べなくてはならない、というように。私の顔は膨れ上がり、腕や腹はチャーシューのように太くなった。腹は煮卵のように丸く張った。私自身がラーメンを体現していた。体重が七十七キロになり、学生の頃からちょうど二十五キロ増えたところで、私はラーメンを食べるのをやめた。食べ過ぎだし、太りすぎたと思ったからだ。必要な栄養を適切な量摂取することが人間の身体にとって大切、とさっきから何度も繰り返しているが、私にとってラーメンは食べれば食べるほどさらに食べたくなる中毒性があって、食べれば食べるほどに、さらにラーメンを食べることが適切であると思えていたのだ。私はどうかしていた。私はその欲望を断ちきり、さよならした。

それで代わりに食べはじめたのがカレーというわけだ。私はいまリフレインする、このメッセージの最初の一文を。私はカレーが好きだ。

先に言っておくと、カレーも食べれば食べるほどまた食べたくなる食べ物だった。だから私は依然として太ったままだ。現在の体重は七十二キロである。ラーメンシンドロームの時代より五キロほど落ちたが、これはラーメンによって体重が急増した経験の反省を活かし、食べ過ぎないよう気をつけたり、ときどき運動をしたりしているためだと思う。

　私はいろんな店にカレーを食べに出かけるようになった。そしてあるとき、南インドで食されるミールスというスタイルのカレーがあることを知った。日本ではカレーと言えばインドの料理ではなく、イギリスを経て輸入された西洋のメニューのひとつであり、それがラーメンと同様に独自の変化を遂げた結果、主食の米と組み合わされてあのカレーライスになったのである。近年では日本でもインドやタイなどのアジアンカレーを提供する店が増えたが、広大なインドのなかではその地方や地域によってカレーの種類や食べ方も異なるというのは考えてみれば当然のことだった。

（これはあなたの方がよほどよく知っていることだと思うけれど）ミールスというのは、ステンレスの大きな円形のトレイで供される。そこにやはりステンレス製の小さな円形の器が五つから七つくらい、トレイの縁に沿って並べられ、それぞれにいろんな種類のカレーが入っている。トレイの中心部には米が盛られている。各カレーは多様である。とろみの強いものもあれば、しゃばしゃばなものもあり、汁気のない炒め物のような按配のものもある。日本における西洋料理としてのカレーしか知らないひとにとってはそれらが全部「カレー」であるとはとても思えないかもしれない。用いられる食材は野菜が主である。一品程度、肉や魚のカレーが加わっている場合もある。味つけも辛いものからマイルドなもの、酸っぱいものまで幅広い。それら全部を好みに応じてご飯と混ぜながら食べるのがミールスというカレーの食べ方である。

ご飯といろんなものを混ぜこぜにして食べるというのが、私にとってはとても驚きだった。ラーメンやカレーに限らず、いろんな国、いろんな地域の料理を勉強していたつもりだけれど、別々に盛られた品々を混ぜ合わせて食べるというのは、ほかの国や地域ではほとんどないと思う。むしろそれはしばしばマナーに反したり、下品に映ったりする。日本では汁物の残りをご飯にかけて食べる食べ方をねこまんまと呼ぶけれど、やはりそれもきわめてカジュアルなスタイルで、レストランなどでは普通そんな食べ方はしない。

また、和食やフレンチでは基本とされる出汁やフォンといった文化がインドにはなかった。もちろん肉などは炒めたり煮たりしているうちに旨味が出るだろうが、それは日本における調理法としての出汁の考え方とは異なる。日本では、カレーはたくさんのスパイスを用いて煮込むイメージが強い（夕飯のために作ったカレーは、ひと晩寝かせて翌朝に食べる方がおいしい、などとも言われます）が、インドでは多くの場合、ひとつのカレーに対してあまりたくさんのスパイスは用いない。多くても五種類ほどといったところ、ひとつの料理に十種類のスパイスを用いるとすれば、それはとても珍しい。このシンプルさもまた、私に驚きを与えた。シンプルであるのに、いやシンプルであるがゆえに、その味を構成する要素のひとつひとつから強いインプレッションを私は受け取った。

南インドのカレーに魅了された私は、実際に自分でもそういうカレーを作ってみたいと思った。もう調理の現場を離れてしまったとはいえ、元料理人としては、おいしいものや好きなものを食べれば、それがどのようにつくられているかを想像し、そして実際につくってみたくなることを止められない。
最初に手にしたのは包丁でもスパイスでもなく、水野仁輔さんの『カレーの教科書』（NHK出版）という本だった。この本はカレーの材料や調理工程を分解的に考察している。油、オニオン、トマト、スパイス、肉、魚、野菜などの素材、その部位、切り方、加熱方法などあらゆる角度からカレーという料理を分析した素晴らしい本だと私は思う。残念ながら英語版の本はなさそうだが、一応リンクを貼っておくから興味があればチェックしてほしい。

https://www.nhk-book.co.jp/detail/000000332802013.html

この世界には様々なカレーがあるが、カレーについて深く考えはじめると、いったいカレーとはなにを指すのか、どこからどこまでがカレーなのかがわからなくなってしまうということがしばしばある。思いあまっておかしくなってしまうひとや、急に会社を辞めてインドに旅に出てしまうひとも珍しくない。しかしこの本が私たちに示してくれるのは、カレーについての冷静で普遍的なパースペクティブである。カレーという料理の様相はたしかに多様極まるが、しかし水野はそこからあらゆるカレーに通じる基本的な調理方法というものを導き出すことに成功した。この本が示すビジョン、即ち基本的なカレーの調理方法とは次のような工程である。

- 油を入れ、ホールスパイスを入れて加熱する。
- 玉ねぎを加えて炒める。

・さらにトマトを入れて炒める。
・パウダースパイスと塩を入れて加熱してなじませる。
・水を入れる。
・具材を入れて煮込む。
・仕上げ。

以上だ。たったこれだけなのである。

また、スパイスについて水野は、クミン、ターメリック、レッドチリ、コリアンダーの四つを基本のスパイスとして位置づけている。

七つの調理工程と四つのスパイス。すべてのカレーはこの基本から加減乗除がなされてつくられているというのが、水野の本が示す言わばカレーの正体なのである。

私にとって、そのビジョンのシンプルさは目から鱗だった。カレーをめぐる言説や思想は宗教や哲学にも似て、真理や正統性をめぐる論争になりがちである。私はなにが真理であるとか正統であるとかいう話をするつもりはないし、そんな能力もないが、カレーの世界をさまよってその無限の広がりのなかで迷子になりかけていた私に、水野の本はクリアなビジョンを与えてくれた。この本によってカレーの基盤のようなところを把捉できたことは私にとってとても大きなことだった。私の来し方は一見紆余曲折を経た、行き当たりばったりなものに見えるかもしれないが、実は慎重派で、基本を押さえることを重視するタイプなのである。

次に私が手にしたのは、香取薫さんの『家庭で作れる南インドのカレーとスパイス料理』（河出書房新社）という本である。水野の本はすばらしいテキストだが、すべてのカレーを対象にしているので、それを読んでも南インドのカレーが作れるようになるわけではない。一方香取の本は、私が開眼した南インドのカレーに特化したものである。こちらの本も残念ながら英語版はなさそうだが一応リンクを貼っておく。

https://www.kawade.co.jp/np/isbn/9784309285320/

この本は、ミールスをはじめて食べたときに感じた感動に勝るとも劣らない驚きを私にもたらした。あの素晴らしいミールスが、どんな材料を使って、どんなふうにつくられたのか。私はこの本を読んでそれをはじめて知ることができた。本には、ミールスに欠かせないサンバルやラッサム、クートゥ、ポリヤルなどの作り方が、あるいはワダなどのティファンの作り方までが、細かに説明されていた。それまでの私の知見では、いったいどうすればあのような料理ができあがるのかわからなかったのだが、あのすばらしい数々の料理の素性を、私はこの本を手にしたことではじめて知ることができたのだ。これは誇張でもなんでもなく、この本を読んだ私は興奮を抑えきれず、部屋のなかで立ち上がり、やり場のないよろこびを少しでも発散すべくぐるぐると室内を歩きまわってしまったほどだ。

そのようにして、カレーの世界はだんだん私に開かれていった。インド各地方のカレー、南インドのミールス、ネパール料理、そしてスリランカ料理。いまや私は、かつては私を戸惑わせ狂気の淵に誘おうとした「どこまでがカレーなのか」という問いを問うことはない。

もはやどこまでもがカレーであり、私の行くところすべてカレーであるという気持ちだ。私はいろんなカレーを作って友達に食べさせるようになった。週末をつかって、毎週のようにいろんな場所に友達を集め、今週は南インドのカレー、今週はスリランカのカレー、といった具合に。その友達のひとりが、あなたの友人でもあるジョナサンだった。

すべての出会いは運命的だ。私は本当にそう思う。私はラーメンと出会い、そしてその後カレーと出会った。その幸運を思えば、つらい調理場時代も決して無駄な回り道だったとは思わない。仕事で日本を訪れたジョナサンが、私の高校時代の友人のけり子と六本木で出会った。幾年かの歳月を経てふたりは結婚式を挙げることになった。九月吉日、ロンドンで。そしてその結婚式の日、私はあなたと出会った。九月吉日、私たちは出会った。

というメッセージを窓目くんはロンドンのシルヴィに送った。

ジョナサンとけり子の結婚式は二〇一七年の九月に、ロンドンの郊外にある緑に囲まれた式場で行われた。窓目くんは日本から何人かの友人とともにロンドンに行って、その結婚式に出席した。スリランカの伝統的な様式で行われた結婚式で、窓目くんは媒酌人のような役割を任された。当日までなにをするのかわかっていなかったが、スリランカの伝統衣装を着せられて式のあいだじゅうずっと新郎新婦とともに壇上にいなくてはならないという思いがけない大役だった。そして夜から行われた二次会のパーティーではステージで歌まで歌った。二次会のパーティーの同じテーブルにシルヴィはいた。彼女はジョナサンのいとこのジェシカの親友で、ジョナサンとも面識があるとのことだった。シルヴィの両親もジョナサンの両親と同じく、一九八〇年代頃に内戦から逃れるためにスリランカからヨーロッパに渡りやがてロンドンで暮らすようになった。隣の席で、はじめのうちは遠慮がちにしていたシルヴィは、お酒が入ると次第に窓目くんにあれこれと話しかけてきた。窓目くんは手探りの英語で応答していたが、次第に彼女は窓目くんの腕に自分の手を絡めたり、ぐっと距離を縮めたと思うと窓目くんの耳元に口を寄せてなにか囁きかけたりしてきたが、窓目くんはなにを言われているのかわからなかった。窓目くんがステージで祝いの歌を歌い上げて席に戻ってくると、シルヴィは両腕を広げて迎え、ハグをした。DJが入ってダンスタイムになると、シルヴィは窓目くんをダンスに誘い、ホールの中央でふたりは一緒に踊った。パーティーが終わって、窓目くんは友人らとホテルに戻ることにして、シルヴィに挨拶をしようとすると、シルヴィは窓目くんの腕をとって会場の外へ連れ出し、暗い木立のなかへと引いていった。

窓目くんは数日後に東京に戻った。俺たちは、と窓目くんは言った。俺とシルヴィはあの日からメッセージのやりとりをはじめたんだ。

はじめは、ぎこちない英語で、翻訳ソフトを駆使しながら、子どもの自己紹介みたいなやりとりを重ねた。ネット回線を用いたメッセージだから、ふたりを隔てる東京とロンドンの距離は関係がなかった。それよりも、慣れない言語を用いてしか相手に訊きたいことを訊けず、自分についても語れない不自由さともどかしさが、しばしば彼女を途方もなく遠くにいるひとのように思わせた。いますぐに家を出て、空港に行って、ヒースロー行きの便に乗れば、明日には彼女のもとに行けるけれど、どんなに近くにいても彼女と同じ言語で会話することはできない。それでも、と窓目くんは力強く逆接を挟む。自分の言いたいことがひとつ彼女に伝わり、彼女の言いたいことがひとつ自分に伝わるたびに、自分と彼女の距離は少しずつ、でも着実に、近づいていった。そしてそれを感じるたびに、胸がいっぱいになった。

胸はなにでいっぱいになるのだろうか。窓目くんは、日本語ではそれをうまく言い表せなかった。愛情とか愛おしさとか、近そうな言葉は思い浮かんでも、その語で言い表そうとすると、抵抗とも恥じらいともつかない違和感に襲われた。その違和感じたいが懐かしかった。こんな気持ちになるのは久しぶりだった。シルヴィへのメッセージを書いていたとき、窓目くんは自分の書いた文面を見てはっとした。

You are so lovely.

ラブリー、と窓目くんは思った。俺の胸をいつも満たすのはシルヴィのラブリーかもしれない。日本語に翻訳しない、カタカナのラブリー。

窓目くんのシルヴィに宛てたメッセージは回数を重ねるごとだんだんと長文になっていった。昨日シルヴィがメッセージアプリで問うてきたのは窓目くんの仕事のことだったけれど、いまの窓目くんにとって、世界のあらゆる問いは、シルヴィに出会うまでの道筋について語るためのものだった。問いの数だけ語り方がある。語るべきことは尽きず、語る情熱は話を遡行させ続け、どこから話しはじめればいいのかわからない。でもすべての話はただひとつ、自分がシルヴィと出会ったあの一夜にだけ行き着くのだ。

翌日になって、シルヴィから返事が来た。
That sounds wonderfully amazing. xx
素敵な話をありがとう。キス！

窓目くんの手記3

キスしてほしい

ホテルに向かうタクシーのなかで、窓目くんは呆然としていた。頭と体には、今夜のパーティーでたくさん飲んだお酒の酔いと、昼の結婚式から続いていた祝祭的な気分の余韻がたしかに残っている。しかしそれよりも、窓目くんの体にはつい十分ほど前に会場の外の木立でシルヴィと過ごした時間で得た昂ぶりが手足の指先まで行き渡っていた。全身がしびれるような感覚に覆われて、体が思うように動かない。

後部座席のシートにもたれ、窓の外に顔を向けているものの、窓目くんの目にはなにも映っていない。見えるのは暗い木立のなかで目の前に迫るシルヴィの顔であり、力なく垂れた手足はやはり木立のなかで触れたシルヴィの腰や背中を思い出していた。

同乗している皮ちゃんは下戸だからパーティーでもまったく酒は飲まず、全然酔っていない。隣で腑抜けのようになっている窓目くんを飲み過ぎで酔っているだけかと思っていたが、いつまで経ってもあまりに様子がおかしいままなので心配になって、窓目さん大丈夫？　と声をかけた。

窓目くんはその声に反応して、頭をシートにもたせたままぐるんと顔だけ皮ちゃんの方に向けたが、真剣な表情で皮ちゃんの目をじっと見て、やはり黙ったままだった。

気持ち悪いの？　と皮ちゃんは訊くが窓目くんはまだ黙ったままで、しかし具合が悪いというよりは言葉が思うように出てこないみたいに見えた。ここ数日みんなでロンドンの街をあちこち巡るあいだ、英語のできない自分たちは言いたいことがうまく言葉にできないもどかしさに何度も直面していた。でも窓目くんが皮ちゃんに向かっていま英語でなにか言おうとする必要はないのであって、やっぱり酔ってるだけか、酒飲みは面倒だよな、と皮ちゃんは思い、手元のスマートフォンの地図アプリでタクシーがちゃんとホテルに向かっていることを確認した。全然違う場所に連れていかれたり、外国人だからと遠回りされたりして余計に運賃をせがまれたらいやだし、英語で抗議や交渉なんかできない。

Sylvie, と窓目くんがようやく口を開いた。

ああ、シルヴィね、と皮ちゃんは応えた。今日のパーティーで、新郎であるジョナサンが紹介してくれた、ジョナサンのいとこの親友の二十四歳の女子。日本から来た自分たちと彼女は同じテーブルだったから、片言の英語を駆使しつつ、あとはノリであれこれ話して仲良くなった。

俺は、と窓目くんはふたたび声を出した。俺はシルヴィと木立のなか。

Sylvie and I are…, と皮ちゃんは頭のなかで英文を組み立てた。木立ってなんだろう。in woods とか？

契りを交わしたよ、と窓目くんは言った。

え？　と皮ちゃんは英文で考えるのを止めて訊き返した。ちぎり？

さっき。パーティーのあとに、タクシー待ってるあいだに、窓目くんはそう言うとまた窓の方に顔を向けてホテルに着くまで死んだように動かなかった。

契りを交わすとは？　ジョナサンがけり子に訊くと、けり子は、うーん、と少し考えてから、make love かなあ、と応えた。

えーっ、とジョナサンは丸くて大きな目をさらに大きく見開いて、Make love? と窓目くんの方を向いた。outdoor で？

窓目くんは笑って、イエス、と応えたが、実際には熱い抱擁とキスを交わしたところまでだ。それ以上のことはしていない。

契りを交わすってそういう意味なのか、と皮ちゃんが言った。

なんで皮ちゃん日本人なのに知らないんだよ。

そんな言葉使ったことないもん。

ジョナサンとけり子は九月にジョナサンのホームタウンであるロンドンで結婚式をして、しばらくロンドンに滞在したあと、十月の頭に東京に帰ってきた。この日はふたりが暮らす東京のけり子のマンションに友人たちが集まって食事をしていた。

結婚式の夜に出会った窓目くんとシルヴィがその後頻繁に英語でメッセージのやりとりを重ねていることは友人たちもなんとなく知っていたが、出会った夜の詳細や、その後やりとりしているメッセージがときに窓目くんの自叙伝的な長文だったり、ときにかなりきわどい内容に及んでいることは、この日窓目くんから報告されるまで知らなかった。パーティーのあとに木立でふたりがキスに及んでいたことも、窓目くんは秘密にしていた。

いや、秘密というか、と窓目くんは言った。しばらくはなんだか夢か現実かわからなくて、うまく話せなかったんだよ。

そういうことだったのかあ、と皮ちゃんが言った。けり子のマンションは狭く、皮ちゃんは座るところがないから窓の縁に腰かけていた。部屋は四階で、古いマンションの窓には格子も柵もなく、開け放した窓の向こうにひっくり返ったらそのまま地面までまっさかさまだ。タクシーのなかで、窓目さん様子がおかしかったから、シルヴィに毒でも盛られたのかと思ったよ。ちぎってどうのって言ってたから、なんかそのへんに生えてる毒草かなにか食わされたのかなとか。

けり子がジョナサンに契りという語のニュアンスを説明するのを聞きながら、窓目くんはシルヴィと木立のなかで過ごしたあの夜のひとときをまた思い出した。毒を盛られた、そう言い表してもいいかもしれなかった。会場からホテルへのタクシーを待っているあいだだから、そう長い時間じゃなかったはずなのに、思い出すと長い長い時間だったようにも思えて、頭が毒でしびれてくる。全身に気怠い快感が満ちていく。一緒に並んで会場の外に出て、英語で今夜はあなたに会えて嬉しかった、幸せな時間だった、と窓目くんが言うと、シルヴィはにっこりと笑顔になった。そして窓目くんの腕をぐっと引き、無言でひと目のない木立のなかへと連れていった。暗がりで向き合って立ったシルヴィは、I want to kiss you. と言って窓目くんの顔に自分の顔を寄せた。リッチブラウンの肌をしたシルヴィの頬が微かに光を受けていた。木立の奥まで届くパーティー会場の灯りか、頭上の枝葉をすり抜けた月の明りか。

How many times did we kiss? と窓目くんは自問し、長い一度のキスだったようにも、何度も何度もキスを繰り返したようにも思える、と思った。猛毒だ。甘い猛毒を、口移しで。シルヴィの腕が窓目くんの背中にまわって、その手がスーツの生地を擦った。窓目くんの腕もシルヴィの背中に添えられて、やがてもう少しだけ強く背中に当てた。体にぴったりと張りついたタイトなドレスはスリランカのサリーをアレンジしたもので、胸元から背中までスパンコールのような装飾が縫い付けられていた。その感触がいま指先に、手のひらによみがえり、しびれる。

あなたの歌、とても素敵だった、とシルヴィは言った。

ありがとう、と窓目くんは言った。窓目くんはジョナサンとけり子に頼まれて二次会で弾き語りを披露した。一曲は窓目くんがひとりで、そしてもう一曲はサプライズでジョナサンとふたりで。

もう一度、とシルヴィが言った。I want you to kiss me. 今度は窓目くんがシルヴィの顔に自分の顔を寄せた。ふたりはもう一度キスをした。また、もう一度と言うので、もう一度。だから三回した。たぶん。長い、何度も何度もの、三回。ああ、しびれる。シヴィレル。

あ、また窓目さんおかしく、と皮ちゃんが窓目くんを指さし、なってんな、と言ったとたん体勢をくずし、慌てて窓枠に手をかけた。危ねえ、死ぬとこだった！

一瞬部屋にいた全員が皮ちゃんの方を見て、緊張が走ったが、ひとり掛けのソファの上で惝惚とした様子の窓目くんだけは、依然として視線を宙に漂わせ、このまま死んでもいいと思っているみたいだった。

まわりの声や音も聞こえているのかどうなのか、意識のほとんどはいまや遠くロンドンのあの夜の木立にあるのか。ジョナサンは窓目くんのその様子を複雑な表情で見ていた。そもそも窓目くんとシルヴィを引き合わせたのはジョナサンだった。

ロンドンと東京を行き来して仕事をしていたジョナサンは、東京でけり子と知り合ってやがて付き合うようになってから、けり子の高校時代の友人である窓目くんとも親しくなった。元料理人の窓目くんに日本の料理を教えてもらったり、反対にスリランカの料理やカレーを教えて一緒につくったり、東京にいるあいだは毎週末ごとにけり子と三人で一緒にどこかに遊びに出かけたり、ご飯を食べに行くようになった。

ジョナサンはけり子の長年の友人である窓目くんの人柄をすばらしいと信じて疑わなかった。けり子は、窓目くんはいい奴だが人柄がすばらしいわけではない、と言ったが、ジョナサンはそれはけり子が自分の友人について日本的謙遜を加えて言っているのだろうと思っていた。そしてジョナサンは、窓目くんが毎週自分たちと一緒に過ごすことをよろこぶ一方で、大切な友人になった窓目くんが自分たちとばかり遊んでいて、もう長年ガールフレンドがいないことを心配するようにもなった。自分が日本の女性だったら絶対に窓目くんの彼女になりたい、と思ったから。

窓目くんは、俺たぶん女のひととうまく付き合えないんだよ、と言った。

そうなの？

そう、と窓目くんが言い、けり子もジョナサンに向かってうなずいて見せた。

なんで？

なんでかは俺もよくわからないんだけど、と窓目くんが言うと、そんなことないよ、とジョナサンは強い調子で言って、窓目くんは、ありがとう、と笑っていたが、本当だよ、とジョナサンは念を押した。

ジョナサンと一緒にいるようになって、こういうエンパワーメント的な言動が身近なものになった、とけり子はその様子を見ながら思っていた。自分に向けられるものとしても、ジョナサンが他人に向けるものにも。日本の男性にはそういう作法を備えたひとは少ないから、はじめのうちは特に新鮮だった。あるときふと、窓目くんの物腰が以前よりも柔らかく、言動がジェントルになっていることに気がついた。ジョナサンの振る舞いが伝播して窓目くんの人柄も変化しているのか。長い付き合いの自分にはすぐに気づけないほどの少しずつの変化だけれど、ひとと付き合えばひとは変わる。自分だってきっと変わった。窓目くんが最後に女性と付き合ったのはもう七、八年前のことになるか。話せば長くなるが、誰に頼まれずともそのうち窓目くんが勝手に話しはじめるだろうその大恋愛について、断片的にならジョナサンもこれまでに聞いたことがあるはずだった。もっとも窓目くんの恋愛の話は話が進めば進むほど本人の感情移入が度を過ぎて、語彙は抽象的に、表現は詩的というか文学的というか、端的に意味がよくわからなくなって、日本語がじゅうぶん理解できないジョナサンにはなかなかディテールが伝わらず、しかしかえってエモーションだけが鮮明に伝わったりもして、するとジョナサンにとって窓目くんはとても情熱的な男性である、みたいにポジティブな方に窓目くんの人物評が振れたりもするのだが、付き合いの長いけり子から見ると窓目くんの異性に向ける情熱は多分に危うさを孕んでいた。いや、別に暴力的だったり高圧的だったり支配的だったりするわけではない。そういう危うさではなく、過剰に恋慕して身を焦がし自分の身とか自分の家が燃えていることに気づかないとか、好きなひとと一緒にいられれば世界が滅亡しようが構わない、みたいな倫理的に問題のある恋愛を知らず知らず志向しがち、という意味での危うさ。さて、そういう彼の恋愛における性質も、年を重ねて、仕事や付き合う人間が変わってきたなかで、私が気づかないうちに変化しているのでしょうか。どうでもいいですけど。

窓目くんは外国のひとと付き合ったことはある？　とジョナサンが窓目くんに訊いた。今度私の友達紹介するのはどう？

イギリス人？

そう、でも私たちと同じコミュニティだから、スリランカルーツのひと。

え、じゃあ絶対カレー好きじゃん。俺カレー好きな女なら付き合えると思う。

なんだよそれ、とけり子は思ったが、わかる、とも思った。窓目くんはイギリス人とかかと付き合う方がいいかもしれない。私もそうだったんだし。日本には窓目くんと付き合いきれる女はたぶんいない。

それでジョナサンは、いとこのジェシカを通じて彼女の親友であり、自分とも面識のあったシルヴィに窓目くんのことをそれとなく伝えてみたところ、シルヴィはひじょうに興味を示した。それで窓目くんがロンドンに来る結婚式の場でふたりを引き合わせるよう段取りをしたのだった。

シルヴィはジョナサンと同じでスリランカからイギリスに移住した両親を持つスリランカのタミル人ルーツで、ロンドン育ちだがいまはブルガリアにある大学の大学院に在籍している。年齢は二十四歳だから、三十五歳の窓目くんとはおよそひとまわり違う。それを知った窓目くんはジョナサンに、若すぎない？　と訊いたが、まったく問題ないよ、とジョナサンは言った。

結婚式の二次会ではしっかり同じテーブルの隣の席にふたりは配されて、お互い事前にジョナサンとけり子から話は聞いていたから、はじめのうちこそ牽制し合うようなぎこちない距離があったものの、パーティーの雰囲気とお酒の酔いの助けもあって、すぐにその距離は縮まった。

シルヴィは、窓目くんの目を窓目くんがたじろぐぐらいしっかり見つめて話した。くっきりした目鼻立ちは、まっすぐ対面するとなおさらその印象が強くなった。目も、濃い赤色が塗られた唇と口角も、笑ったりしゃべったり、なにかしらの感情が伴えばきりっとつり上がった。一方で体は肉付きがよく豊満で厚みがあった。シルヴィは、私は手相が見られる、と言って同席のひとたちの手を順番に見はじめて、生命線とか結婚線とかについて説明をした。窓目くんも見てもらった。シルヴィは両手で窓目くんの手を握り、指先で手のひらや指の関節や股をなぞった。窓目くんは自分の手相についてシルヴィになにを言われたのかは覚えていない。というか、ほとんど聞いていなかったかもしれない。窓目くんの手を握り、なにかしゃべりながら窓目くんの手をしごくように揉んだり、優しく撫でたりするその手つきの方に窓目くんは意識を向けて、そこになにかメッセージが込められている気がして、それを読み取ろうと必死になっていたのだったが、あとから思えばその手つきにまわりくどいメッセージなんかなかった。シルヴィのメッセージはパーティーのあとで、木立に窓目くんを引っ張り込んだあの腕の強さと、暗がりで顔を近づけて囁いたI want to kiss you. という力強くシンプルなものだったのだから。

永遠のような三度のキスのあと窓目くんは、今度は日本で会おう、とシルヴィの目を強く見つめて言った。窓目くんはもうどれだけしっかり目を合わせても、気後れすることはなかった。シルヴィはうなずいて、約束、と言った。そしてふたりは木立を出て、窓目くんは皮ちゃんとタクシーに乗ってホテルに帰った。

窓目くんは東京に、シルヴィは大学のあるブルガリアに戻って、ふたりはSNSのメッセージ機能をつかってやりとりをはじめた。

Hello. それが窓目くんが最初にシルヴィに送ったメッセージだった。シルヴィが窓目くんにはじめて送ってきたメッセージも、Hello.だった。簡単な挨拶からはじまったやりとりでも、ふたりの距離はあの夜と同じくらいすぐに、簡単に、近づいた。窓目くんは、不得手な英語のやりとりのなかで、ふだんは使わない目がハートの顔文字やキスマークを多用した。言語が違うからか、シルヴィに向けてならいつもと違う自分になれる、と窓目くんは思った。シルヴィからも同様の絵文字が、そしてはっきり意味はとれないが、あなたを絞りたい、とか、私は海を抱きしめていたい、みたいななんとなく強い愛情表現であることは伝わる文言がたくさん送られてきた。ふたりはメッセージを通じて、あの夜木立のなかで過ごした時間の続きを繰り広げた。

やがてふたりはそれぞれの生い立ちについて語り合ったり、日々の生活のあれこれを報告し合ったりもするようになった。シルヴィの両親はジョナサンの家族同様に内戦を理由にスリランカからヨーロッパに移住してきたが、最初はロンドンではなくフランスに住んでいた。だからシルヴィもフランス生まれで、シルヴィという名前は英語圏よりはフランスっぽい名前なのだそうだ。シルヴィが生まれて間もなく一家でロンドンに移り、シルヴィはその後ロンドンで育った。いまは医者になるためにブルガリアの大学院に通っている。本当はロンドンの学校に通いたかったが、学力が及ばず断念したのだという。部屋を借りている街はブルガリアのカントリーサイドで、これが私の部屋の近所、と緑豊かな風景の写真が送られてきた。

わざわざ外国の大学まで通う医学生と聞き、さぞまじめに勉強に励んでいるのかと思いきや、シルヴィはブルガリアで飲み会ばかりやっているようだった。だからといって勉強していないわけではないのかもしれないが、それにしても毎日のように飲み会やパーティーの報告が来た。シルヴィは酔っぱらうと写真をたくさん撮る撮り上戸なのか、ドリンク片手の自撮り写真や友人たちとはしゃいでいる様子の写真が連日大量に送られてきた。飲み会やパーティーでシルヴィはいつもセクシーな服を着ていた。背中が大きく開いた服にミニスカートとか、肩がむき出しのチューブトップとか、当人は普通なのかもしれないがこちらからするとややエロい感じに思え、エロい感じと言うとあれだが、体のラインが隠れず、肌の露出面積の多い服は、彼女のシャープな顔立ちと豊かな体つきが大変強調されて、窓目くんはそれをとても魅力的だと思った。テレビ電話がかかってきたこともあった。だいぶ酔った様子のシルヴィは薄暗く、周囲が賑やかなパブのようなところにいて、今日は誰かのバースデーパーティーなのだと言っているのがわかった。途中で今日誕生日らしき友達の女子が画面に登場し、ふたりとも大変酔っぱらった様子で窓目くんになにか言っているが窓目くんにはその英語は全然聞き取れず、唯一、歌って！　と繰り返すのだけがわかったから自分のアパートの部屋にいた窓目くんはスマホの画面に向かって誕生日の彼女とシルヴィに向かって「イエスタデイワンスモア」を歌った。歌っている途中で誕生日の女子はどこかにいなくなり、シルヴィはバーかどこかのカウンターに突っ伏して寝てしまった。窓目くんは最後まで歌いきってから画面のなかのシルヴィの寝顔をしばらく眺め、電話を切った。

シルヴィが送ってくるメッセージはセクシャルな内容に思えることもあった。メッセージの末尾にいつもｘｘと書いてあってはじめは意味がわからなかったが、ｘというのはキスの符牒だとけり子に教えてもらって、だからこれはキスキスという意味で、窓目くんは嬉しくなった。けり子は、関係性にもよるがこれは親愛の情を示すような意味合いのことも多いので、そんなにセクシャルな意味ではないかもしれないと言ったが、窓目くんはそうは思わなかった。けり子はあの夜の木立の俺たちのことを知らないのだから。これはあの夜のキスのことに違いない。それからは自分もときどきメッセージの末尾にｘｘｘと書いた。シルヴィは、どうして私の隣にあなたがいないの？　あなたと抱き合ってキスをしたい、みたいなメッセージを、感情にまかせるままなのかなんの文脈もなく、四六時中送ってきた。あなたの子どもが欲しい、とまで言ってきたときには窓目くんも驚いたが、私も欲しいよ、とメッセージを返した。

シルヴィは酔っていないときでも、学校の教室のような場所や、公園のような場所、家の洗面所などから思いつくままに自撮りの画像を撮り、それを送ってきた。頭に漫画の猫が乗っていたり、魚眼レンズをのぞいたみたいに画像をコミカルに加工したものも多かった。シルヴィは窓目くんにも顔写真を送るようしばしば求めてきた。窓目くんは自分の写真をそんなに撮らないし、あまり送りたくもなかったが、シルヴィの求めに応えないわけにはいかない。それで職場の廊下や、近所の公園、アパートの洗面所などで自分の顔を撮影して送った。頭に漫画の猫も乗せた。一度上半身裸で写した写真も送った。シルヴィの反応は悪くなかったが、あとで自分で見返したらどうにもやり切れない気持ちになった。

窓目くんは自分の写真よりもその日食べた料理やおいしかった料理の写真をよく送ったが、シルヴィは食べることは好きらしいが食べ物の写真への反応はきわめて薄く、あなたはいつも食べ物の写真を送ってくるよね、とやや不満げともとれるメッセージが来た。シルヴィもふだん自炊をしているらしいが料理は得意ではないようで、毎日こんなもの食べてよく生きていられると思う、とか、あなたの日本料理を食べたら私はおいしすぎて死ぬと思う、みたいなことを言った。一度だけ、今日はカリフラワーカレーを作ったと写真を送ってきてくれた。おいしそう、と窓目くんがメッセージを返すと、まずかった、と短い返事があった。それでも珍しく彼女から送って来た食べ物関係のメッセージだったので、窓目くんは作り方を教えてほしいと返すと、カリフラワーの葉も使ったと言うからカリフラワーの葉っぱも食べられるのか、と思いそう返すと、知らない、とだけ返ってきた。ともかく食べ物の話題は盛り上がらなくて哀しい。窓目くんは次第に食べ物や料理についての写真やメッセージは避けるようになった。

サマータイム中のブルガリアと日本の時差は六時間で、窓目くんが寝るくらいの時間にシルヴィの学校が終わり、シルヴィが眠る頃に窓目くんが起きる。そんな時間差のなかふたりは日々メッセージをやりとりした。

十一月の後半にあなたに会いに日本に行く、とシルヴィがメッセージを送ってきた。学校の試験がはじまる前に、週末と合わせて十日ほど時間がとれるのだと言う。窓目くんはシルヴィの滞在中日本を案内すると約束した。

もう来月じゃん、とけり子が驚いた様子で言った。

そうだよ、と応えた窓目くんはようやくシルヴィのしびれから抜け、ソファに腰かけて缶ビールを飲んでいた。シルヴィ来日の決定とその報告ができるよろこびを隠しきれない様子で、自然と口元が緩むので飲んだビールが口からこぼれる。

展開が速いなあ、と窓辺の皮ちゃんが興奮した様子で声をあげた。まだ会ってひと月くらいなのに。

十日も仕事休めんの？　とけり子に訊かれ窓目くんは、有給とった、と言い、おおー、と友人たちから歓声があがった。窓目くんは笑って、少し照れた様子だったが誇らしそうに胸を反らした。また口からビールがこぼれる。

職場での交渉は楽ではなかった。いまだ古い慣習と縦割り文化の残る勤め先では、有給休暇の実態は有名無実で、私的な理由で十日間も休みをとる同僚はこれまでいなかったし、もしほかの同僚がそんなに休むと聞いたら窓目くんだって正直文句のひとつくらい言いたくなっただろう、これまでならば。しかしもうそんな時代ではない。いまはもうシルヴィがいる時代なのだ。窓目くんは、上司である部長の機嫌がよさそうなタイミングをみはからって、ちょっと相談が、と声をかけた。

なんだ会社辞めんのか。よしてくれよ年末に向けて忙しくなるんだから。

いやいや辞めはしないんですけど、十一月にイギリスから彼女が来るので一週間ほど休みをいただきたくてですね。

なにお前彼女できたの？　イギリス？　外国人？　と部長はひとしきり下品に茶化したあと、そんなに長い休みは無理、とあっけなく言い放った。いつも女をつくれとか早く結婚しろとか言ってくるくせに、こんなときには全然協力してくれない。正月とかゴールデンウィークに来てもらえよ。

イギリスにはゴールデンウィークはないんですよ。

無理無理、考えてみりゃわかるだろ、そんなに長く休まれたらまわらなくなる、と取りつく島もない。

ふだん職場での面倒ないざこざは回避すべく、部長の軽薄な物言いや不当な待遇にも意見したり逆らったりせず長いものに巻かれて上等と思っている窓目くんだったが、今回は違った。シルヴィがはるばるイギリスから、ブルガリアから、あの木立の暗がりから、自分に会いに東京までやって来るのだ。俺が休まなければ、この危険きわまりない都市東京に彼女をひとりぼっちでいさせることになってしまう。そんなわけにはいかない、と辞表を書かんばかりの勢いで、労働局とか労基法とか脅し文句も混ぜながら強気の交渉に出た結果、窓目くんは十一月に週末と合わせて十日間の休暇を取り付けた。休みの前後の週末はおそらく無償の休日出勤が続くことが予想され、本来あるべき有給休暇のあり方としては依然問題があると思われる形だったが、窓目くんはそんなことはもう構わない。シルヴィと過ごす十日間を確保できれば、この職場の労働環境の是正などどうでもよいのだ。

はじめて日本に来るシルヴィは、東京を拠点に滞在しつつ、ほかの都市を旅行することも希望していた。もちろん窓目くんとのふたり旅で、行き先は窓目くんに選んでほしいとシルヴィは言った。

それで今日はみんなに集まってもらったわけだけど、と窓目くんは順風満帆といった充実した表情で友人たちに語りかけた。シルヴィとの旅行、どこに行くのがいいか一緒に考えてほしいんだよね。

窓目くんはスマホとノートを広げて、友人たちが挙げる旅の行き先候補の地名をメモして、名前の挙がる土地土地のホテルを検索した。

京都、大阪、東北……ああ、北海道もいいなあ。

嬉しそうに次々挙がる土地の宿や名産品をリサーチする窓目くんの様子を見ながら、ジョナサンは、自分はとんでもない過ちを犯してしまったのではないか、と思っていた。

ジョナサンのいとこで、シルヴィの親友であるジェシカから、シルヴィと窓目くんのマッチングはとてもうまくいっている、と聞いていたけれど、同時にジョナサンのもとには窓目くんから密かにシルヴィとのやりとりが転送されてきてもいて、今日集まった友人たちがこれまで知らなかったふたりの急激な進展の過程について、ジョナサンだけは既に概ね把握していた。ときに送られてきた英語のニュアンスを訊ねるために、ときにシルヴィの魅力を自分以外のひとにも伝えたいその一心で、ジョナサンのもとには性的なスラングがちりばめられたメッセージや、シルヴィの自撮り写真がたくさん送られてきた。

北陸も渋いよなー。金沢とか。

ジョナサンは自分の紹介をきっかけにふたりの関係が結ばれ、それがうまくいっていることをよろこび祝うコメントを返しながらも、次第にそこはかとない危うさを覚えるようになった。ひとつには、ふたりのやりとりはあまりに衝動まかせに思われ、どこか破滅的な先行きを予感させたこと。もうひとつには窓目くんから部分的に聞き及ぶだけでも、シルヴィの酒量や酒癖は危険なレベルなのではないかと推察されたことだ。シルヴィのことは彼女が若い頃から少し知っていたが、そんなに酒を飲むようになっているとは思いもよらなかった。酒量なら窓目くんも日頃から相当なものだったけれど、そんな窓目くんとシルヴィを一緒にして大丈夫なのだろうか。互いを互いに加速させ合い、大量のアルコールとともに、私の大事な友人は、ロンドンの危ない女に連れられて、どこか危険な場所に行ってしまうのではないか。

どこまで行くのー、僕達今夜。

やっぱホテルは星野リゾートかなー。

はちきれそうだ、とび出しそうだ。

ジョナサンは結婚式のパーティーで窓目くんと一緒に歌った歌を思い出した。何年か前、東京で窓目くんとけり子と一緒にはじめてカラオケに行ったとき、窓目くんに簡単だからと教えてもらった歌。はじめて覚えた日本語の歌。あれ以来その歌がとても好きになって、カラオケに行ったら必ず歌う。パーティーで歌うのは、けり子には秘密にしておいたから、けり子は驚きつつもよろこんでくれた。イギリスの友人たちには日本語の歌詞はたぶんわからなかったけど、けり子と日本から来た友人たちには伝わった。窓目くんがギターを弾いて、伴奏とコーラスもしてくれた。男の子が女の子にキスをせがむ、ただほとんどそれだけの歌だけど、歌えば歌うほど、魔法みたいにその歌の歌詞が好きになった。いちばん好きなのは、歌詞の途中にある「生きているのが　すばらしすぎる」というところだった。生きていると、そう思える瞬間が、ときどきだけど、たしかにある。結婚パーティーで、ジョナサンは窓目くんと声を張り上げて、キスして欲しい、キスして欲しい、と歌った。生きているのがすばらしすぎた。

やっぱ北海道かなー。

自分のあの歌も、窓目くんとシルヴィの恋情にエネルギーを注いでしまったのだろうか、とジョナサンは思った。シルヴィは、もしかしたら自分の歌を聴いて、窓目くんにキスがしたくてたまらなくなったのかもしれない。たぶん、窓目くんはシルヴィとメッセージをやりとりしているときも、日本に来たシルヴィと一緒に過ごすときも、生きているのがすばらしすぎる、って思うだろう。それならそれでいい気もする。自分の懸念なんか、そんな瞬間の輝きの前ではちっぽけすぎて全然かなわない。

どう思う？　と窓目くんに訊かれて、ジョナサンは、星野リゾートいいと思う、と応えた。じゃあやっぱり北海道のここかな、と窓目くんはまたスマホをいじりはじめた。

窓目くんの手記4

俺は中学生の頃、生徒手帳に物語を書いていた。校則やなんかがずらずら書いてあるうしろにある白紙のページ、あそこはなにに使うんだ。わからなかったから俺はそこにゲームか漫画の冒険譚を真似たようなお話を書いた。授業中に書いたり、授業中に書いたのを家に帰って読み返しているうちに続きを書きたくなって家でも書いたり、あれは何年生のときだっただろう、はっきり思い出せないけれど一時期毎日こつこつと書き進めていた。誰に読ませるつもりもなかったし、実際誰にも読ませなかった。どんな話だったか細かいことはもう忘れてしまった。あの生徒手帳は実家とかに残っているだろうか。もうないんじゃないか。だから俺が思い出せなきゃ誰も思い出せない。まして誰も読めやしない。あの冒険物語を俺は最後まで書き終えたのだろうか。

　窓目くんがそのことを思い出したのは、ひとり自動車で北海道を走っているときだった。網走から札幌へ向かう途中に通った、まっすぐ延びた一本道。具体的にどの町のどのあたりだったのかはわからない。対向車も後続車も見えない、道の両側に広がっていたのは収穫後の田んぼか、枯れ草色の平坦な農耕地だった。その向こうの空と地面のあいだには連なる山脈が見えた。北の地の初冬の空は晴れ渡っていた。二〇一七年の十一月のことだ。

いまからちょうど四年前だ、と二〇二一年十一月の窓目くんは思う。あの頃はまだ平気で旅行に行けたな。行こうと思えば日本中、世界中どこにでも行けたよ。俺はいまより四歳若かったよ。

二〇一七年に窓目くんは二度ロンドンを訪れた。一度は九月、友人のけり子とジョナサンの結婚式に出席したとき。そして二度目は年末、けり子とジョナサンの結婚式で出会い、その後メッセージをやりとりするようになったシルヴィと一緒にニューイヤーを迎えるため、会社の仕事納めの翌日にロンドンに飛んだ。

北海道ひとり旅はその二度の渡英のあいだにある。本当ならば十一月にシルヴィが日本にやって来て、窓目くんとシルヴィはふたりで一緒に初冬の北海道を旅行するはずだった。窓目くんは会社の上司に無理を言って十日間の休暇をとり、温泉リゾートを予約した。シルヴィが日本に到着したら、二日ほど東京を案内したあと、ふたりは飛行機で北海道へ飛ぶ。窓目くんは札幌、函館など道内を巡る五日間の旅程を計画していた。

ごめんなさい、私は最低のガールフレンドだ、とシルヴィからメッセージが届いたのは十一月の上旬、旅行まであと二週間というタイミングだった。どうしたのかと訊けば、学校の試験の日程が変更になり、留学先のブルガリアを離れることができなくなったという。シルヴィからは、本当にごめんなさい、というメッセージと泣き顔の絵文字が送られてきた。

シルヴィはロンドンの大学を出たあと、医師になるためにブルガリアの大学院に通っていた。医師ではなく別の医療関係の資格取得のためだったかもしれない。窓目くんはいまひとつそのへんの詳細がわからないままだったが、ともかくわざわざ異国の大学に通ってまで勉強しているシルヴィが試験を受けられなくては大変だ。

　窓目くんはシルヴィに、あなたは最低のガールフレンドではない、とメッセージを送った。続けて、あなたはいまなお、揺るぎなく、私にとって最高のガールフレンドである、という意味を込めた英文を送った。そして、シルヴィを責めるようなニュアンスを帯びないよう注意をしながら、どうにか何日かだけでも日本に来られないのか一応訊ねてみたが、やはりそれは難しいようだった。

　ブルガリアでならあなたに会えるんだけど、とシルヴィが言うので、なるほど俺がブルガリアに行けばいいのか、と窓目くんはブルガリアに行く航路を調べたり宿泊先を探したりもしてみたが、日が迫っているせいか、複雑な乗り継ぎの航空便しか見つからなかった。トランジットに次ぐトランジットでブルガリアに行くまで三日くらいかかってしまいそうで、もしそれでたどり着いたとしても宿はどうするか、というかシルヴィの大学はどこにあるのか、とあれこれ調べたり考えたりしてみたものの、やっぱり二週間前に予定変更して自分がブルガリアに行くのはさすがに現実的ではない、と窓目くんは思い、せっかく休みをとったけれど十一月にシルヴィと会うのは諦めよう、そう決めてシルヴィにメッセージを送った。シルヴィは、本当にごめんなさい、とまた繰り返し、窓目くんはそれに、全然気にすることはない、あなたはなにも悪くない、と返した。あなたはいまなお、揺るぎなく、永久不変に、私にとって最高のガールフレンドだ、と窓目くんは繰り返した。その最高さは、これから先、さらに上昇し、飛翔し、あなたの魅力は私にとってまさに天井知らずの青天井だろう、そういう意味を込めた英文を送った。不慣れな英語のその不慣れさに任せて、ふだん日本語では言わないような強い肯定、手放しの絶賛みたいな言葉が次々自分からシルヴィへと送られる。なにも知らずに見聞きすればきっとうさんくさいそんな言葉が、シルヴィに向けたならばどれも自分の心からの嘘偽りのない言葉だと思えるのが不思議で、そんな肯定的な言葉を次から次へ口にしていると、なぜか自分まで誰かに褒めたたえられているような気持ちになった。

気を取り直して近況などを報告し合っていると、シルヴィはクリスマスにはロンドンの実家に戻ると言うので、窓目くんは年末に自分がロンドンに行って一緒にニューイヤーを迎えるのはどうか、と提案した。シルヴィはその提案を大変よろこんだ。感激しているらしい英文のメッセージには「！」がいくつも重なり、泣いて喜ぶ絵文字がたくさん届いた。あなたは最高のボーイフレンドだ。窓目くんは、自分に向けられる彼女からの言葉を、自分が彼女に向ける言葉ほど素直に信じられなかったけれど、もちろんそんなふうに言ってくれることは嬉しくて、早速年末のロンドン行きの航空券を予約した。

今月会えなくなったのは残念だけれど、年末まではあとひと月ちょっとだ。来月には私たちは会える。私たちの素敵な時間は、ほんの少し先送りされただけさ。

だけさ、なんて語尾を窓目くんはふだん使わないが、シルヴィに送るメッセージを考えていると、その要所要所で自然と語尾に「さ」がくっついた。もちろんシルヴィに送ることになる英文にその語尾のニュアンスはうまく反映されない。でも、だからこそ、窓目くんはその「さ」を大事に思った。直接伝えられるわけでもなく、声に出されることもないその一音を、窓目くんは大事に心中で発音した。歌うように。思えば、窓目くんに限らず、「さ」なんて語尾は現実の会話では滅多に使われるものではなくて、お芝居のセリフとか歌の歌詞やなんかで多く使われるものだ。シルヴィと出会ってからの俺は、誰かが書いた歌かお芝居のなかにいるひとみたいだったのさ、と窓目くんは手記に記している。

一日目、午後帯広空港着。快晴。平穏なフライトだった。空港から事前に手配したレンタカーで移動。宿に向かう途中、ばんえい競馬の帯広競馬場を見学。レースは開催されていなかったが厩舎や場内で練習している馬を見学できた。大きな馬だ。その後車を走らせ、夕方前に十勝川に面した温泉宿に到着。ここに二泊する。豪奢な温泉リゾートである。十勝川温泉は地下の炭化しきらぬ石炭の層からくみ上げたモール温泉と呼ばれる温泉で、植物性の物質を多く含んでいる。湯の色は薄い飴色。掲示されている効能には筋肉痛とか疲労回復とかよくある症状が並んでそう特徴はなかったが、入ってみるとつるつるとして気持ちのよい湯だった。ホテル内には大浴場とそこに隣接した広大な屋外風呂があり、さらに窓目くんが予約していたツインの洋室には個室露天風呂も付いていた。当初は大人ふたりの利用で予約していたわけだが、事前に宿に問い合わせると割高にはなるがそのまま同じ部屋にひとりで宿泊も可能とのことだったのでそうした。部屋は窓目くんのアパートよりもずっと広かった。室内の大きな窓からも部屋の露天風呂からも目の前に広がる広大な景色が見えた。穏やかに流れる十勝川の向こうには遠くまで延びた十勝平野と広い空、そしてその境目に日高山脈が見えた。そこにシルヴィはいない。窓目くんひとりだ。

　旅の様子について、窓目くんの手記にあまり細かな記録は残されていない。行動記録的な旅程のメモのほかは、競馬場の馬や宿の部屋や温泉の印象がごく短く記されているだけだった。

　宿に二泊する間、窓目くんは一度も宿の外に出なかった。風呂に入っては部屋で休み、川を眺め、酒を飲み、また温泉に入り、また川を眺め、ラウンジで酒を飲んで部屋に戻る。そんなふうなことを繰り返して過ごした。温泉に入りすぎて肌がこれまで生きてきていちばんつるつるだった、と窓目くんは書いている。泉質や効能との因果関係はよくわからないが「美人の湯」と謳われる湯だ。その湯がシルヴィの腕や背中を流れることを窓目くんは想像する。

　三日目の朝、宿をチェックアウト。料金は夕食時やラウンジで飲んだ酒代など含め、締めて十万四百円だった。高い。このあと当初予定していた旅程では帯広から西進、札幌、小樽をまわって最後は函館に至るはずだったが、手記のなかの窓目くんは十勝から北東へ車を走らせ一気にオホーツク海に出た。行き先は知床半島。オシンコシンの滝、オロンコ岩など、見物した滝や景勝地の名前が書き連ねられている。自然散策ツアーにも参加したらしい。このツアーについても参加の事実が端的に記されただけで具体的な報告はほとんどなされない。熊が出るから気をつけるようガイドに言われたので怖かった、という散策の主旨とは微妙にずれた記述がわざわざ書き残されたりしている。夜は知床のホテルに飛び込みで一泊。翌四日目は海岸線を西に移動して昼過ぎに網走着。網走監獄、港などを見物し、寿司を食べた。港で自動で回転する魚干し機を見て感心したらしく、円形の洗濯物干しの中心に電動で回転する軸、とその構造が簡単な図とともに説明されている。そんなふうに四日目を過ごし、この日も飛び込みで網走のホテル泊。五日目、窓目くんは網走から南西に下って札幌へ向かう。これが北海道旅行最後の一日。

実際に手記を書きはじめたのはその晩泊まった札幌市内のビジネスホテルの部屋でだった。その日の昼、網走から札幌へと移動する途中に通った長い一本道で、中学生の頃生徒手帳にお話を書いていたことを思い出した窓目くんは、このひとり旅のことを文章に書いてみることを思いついた。とはいえ書き残したいのは旅の記録そのものではなかった。図らずもひとり北海道を縦横にめぐることになった窓目くんは、初日に飛行機に乗って帯広に着き、その後移動しているあいだずっと、自分が自分でないような、自分とは違う誰かが自分の代わりに旅しているような、心ここにあらずのような感覚がずっと消えなかった。それは本当は一緒に旅するはずだったシルヴィの不在にとらわれたためかとも思ったけれど、そのわりに気持ちは平静で、落ち込むとか開き直るとかの起伏も全然なく、少々不気味にも思える穏やかさが連日続いていた。どこに目を向けても、ふだん暮らす東京とはくらべものにならない空の広さ、なんの建物も建っていない地面の広さ、視界そのものが広くなったような北海道の風景による効果かとも思われた。旅はいいなあ、とありきたりなことを思い、しかしありきたりであるがゆえにその普遍性が実感されるなあ、みたいなことも思った。そして旅の終わりに近づいて見晴らしのいい一本道を走りながら、窓目くんはずいぶんと久しぶりに自分自身に再会したような気がして、この旅の旅人である自分を手がかりに、自分の来し方を物語ってみたいと思ったのだった。

自分自身とはなにか、とあなたは問いたくなるかもしれないが、そんな問いにはそう簡単に答えられるものではない。主体にほかならない自分をわざわざ客体化するようなその言い方からして、自分についてのよくわからない事柄についてよくわからぬままなんとなく指し示しているのである。簡単に答えようとすれば、それはたとえば忘れかけていた中学生の頃の自分だった、みたいな、いくらでもそれらしい、けれども実感とは異なる言い方で答えたりしてしまいそうだ。そしてそれも本当に言ってみればなにかそれらしく響き、それらしく響けば言った自分もなにかそこに真実らしさを感じはじめてしまうから言葉というのはおもしろいし恐ろしい。心中のもやもやに惑わされず、中学生の頃の自分は懐かしくはあってもいまの自分とは遠く隔たっている、と確かめねばならない。愚かさも、素直さも、十代の頃といまとでは比べものにならない。十四歳の窓目少年、彼は彼で大いに見どころがあるし、彼を見ようとすること、彼について語ろうとすることの方がもしかしたらいまの自分について語るより容易なことなのかもしれない。いまの自分はもう彼から遠いところに行き着いて、彼とはずいぶん違うひとになっている。それはめでたいことかもしれないし哀しいことかもしれない。彼のことをいまの自分は十全には理解できないが、いまの自分の姿も近すぎて遠い自分より見えにくい。窓目くんは十代の頃から目が悪かった。

　誰に向かって自分の来し方を物語るのか、とあなたは問いたくなるかもしれないが、それはほかでもないあなたに向かってである。語る宛先として、書き記す手記の読み手として、窓目くんは特定の誰かを想定しているわけではなかったが、そしてもちろん言葉を向ける先として、いやそれだけでなく窓目くんの言動のすべての宛先としていま真っ先に頭に浮かぶのはいまここにいないシルヴィなのだったが、しかし北海道ひとり旅のさなかの窓目くんが自分の来し方を語るとき、それはシルヴィだけに向けられるものではなかった。シルヴィだけに語りかけるならば、窓目くんはもうすでにそのための言葉を持っていたから。即ち、先に記したような、不慣れな英語を使った、力強く肯定的で、語りかけるほどに自分までも褒め称えられるような言葉である。その言葉は自分について語る言葉ではない。だから、窓目くんの手記の宛先はシルヴィひとりじゃない。むしろ、シルヴィについて、そして不在であればこそ心中に湧き上がるシルヴィに対する激しい感情について、誰かに知らせたい、そしてできれば分かち合いたい、と窓目くんは思った。シルヴィは行き先である。自分の来し方、そしてそれがいまここを経て行き着く先である。自分の運命が無事その行き先にたどり着きゴールインを果たせば、そのあとは天井知らずの青天井、ふたりは空に上昇していく。今回の旅行では一旦運命に肩透かしを食らった形になったが、来月の再会までのあいだに窓目くんができることは、彼女との再会に至る自分の人生を、彼女との再会のために語り、書き記すこと。その宛先はシルヴィ以外のあらゆるあなた。窓目くんは、シルヴィの魅力をこの世に遍く知らしめるに足る、むしろその必要がある、と思っているから。恋というのはそういうもので、窓目くんは窓目くんの人生をシルヴィに至る運命として形づくる。

いま、二〇一七年の窓目くんは網走から札幌へ向かう、地図を見るとほぼ北海道のど真ん中のあたりを走っている。前方にまっすぐ延びた道路とその両側に広がる大地、彼方に見える山脈、そして視界の大半に開かれた初冬の晴れた空を窓目くんは見ている。ふだんは仕事でときどき運転するくらいなので、自動車の運転は不慣れだ。数日走ってようやく帯広で借りたこのトヨタのSUV車の車両感覚や操作感に体がなじんできた。助手席には、ときどき、誰かの気配があった。実際には誰もいない。でも、空いた、というかほとんど先行車も対向車も見えないまっすぐの道を走っているときなど、不意に隣に気配を感じた。誰もいないことを確かめて、ああ、ひとりだ、と思う。もう長年のひとり暮らしだし、ひとりで過ごす時間にはとっくに慣れっこだけれど、こんなふうにひとりであることが限界まで際立つような状況におかれると、傍らになにかが呼び込まれるものなのかもしれない。ときどき助手席に現れては消えるのはシルヴィなのか、それとも自分自身なのか。一定の速度で車を走らせながら、窓目くんはこれから書くかもしれない自分の物語のことを頭のなかで考えはじめた。その話がどこからはじまって、どこで終わるのか、いつ書き終わるのか、まだ全然わからない。あの生徒手帳に書かれたお話のように、結局未完に終わって誰にも読まれることなくどこかへ行ってしまうかもしれない。それならそれで仕方ない、それが運命だ、と思った。そんな場面から手記は書きはじめられていた。

運命の行き先がシルヴィなら、出発地点はどこなのか。誰なのか。それは浜ちゃんだ。浜ちゃんのことから語らねばならない。いまから十五年前、浜ちゃんとは大学のバンドサークルで出会った。

入学してすぐの頃、窓目くんはなんのサークルにも所属しておらず、大学に行っても授業が終わるとすぐに帰って高校時代の友人と遊ぶか、地元の回転寿司屋でアルバイトをするかの毎日を送っていたが、一年生の秋に文化祭でたまたま見たバンドサークルのライブがおもしろかったのでそのサークルに入ってみることにした。窓目くんは高校生のときに付き合っていた彼女からエレキギターをもらってギターをはじめ、コードぐらいは弾けた。その彼女とはギターをもらってすぐに別れた。

キャンパスの隅の方にあるサークルの部室をたずねていき、扉を開けると、壁際の丸椅子にちょこんと腰かけ、コートを着て大きなマフラーを首にぐるぐる巻いた女の子がじゃがりこを食べていた。浜ちゃんだ。

というその記憶は正確ではなく、窓目くんが浜ちゃんと知り合ったのはサークルに入って少し経ってからだ。部室の丸椅子で浜ちゃんがじゃがりこを食べているその場面は、その後サークルに入った窓目くんがサークル内でいろんな友人をつくり、彼らといろんなバンドを組んでいろんな音楽を聴き、いろんな音楽を演奏し、音楽と関係ない話や出来事をたくさんともにしたあいだに、何度も何度も見た浜ちゃんの様々な姿が組み合わされた、現実ではない一場面だ。サークルに入ってすぐ二年生になりそれから卒業までの三年間を、窓目くんは永遠のように思い出す。はじまりも終わりもある限られた時間を永遠のように思い出すことができるというのは、すごいことかもしれない。記憶のなかの時間はかくも不正確に伸びて縮んで、前後は入れ替わり、違う時間に置き換わる。浜ちゃんがじゃがりこをかじるその一場面に窓目くんの三年間が集約されている。要するに窓目くんは浜ちゃんに入れ込んだ。恋慕した。

その場面にいる浜ちゃんのコートは、茶色い丈の長いダッフルコートで、ぐるぐる巻きの白いマフラーは太い毛糸で編まれていて、浅く腰かけた足の先にはヴァンズのスリッポンのチェッカー模様があって、その先端がつま先立ちするみたいに少しだけ床に接している。左手に持った緑と黄色のじゃがりこサラダ味の円錐台の容器には端だけ残して剝がれた蓋がくるんとカールしていて、浜ちゃんのまつ毛も、肩までの長さの少し茶色い髪の毛の先も同じようにくるんとカールしている。おちょぼ口で、右手の親指と人差し指と中指でつまんだじゃがりこを一本、少しずつかりかりとかじっている。

同時に窓目くんは知っている。茶色い丈の長いダッフルコートは、浜ちゃんが卒業間近の四年生の頃に着ていたもので、それまでは違う緑色の、くるみボタンのついた古着のコートを着ていた。白いマフラーはその緑色のコートを着ているときに巻いていたものだ。ヴァンズのスリッポンはたぶん冬じゃなくて夏に履いていた。じゃがりこはいつも食べていたけれど、髪の長さが肩までだったのはいつだったか、でもいつもそうってわけじゃなかった。もっと長いときもあったし、それを頭の上でお団子にしていることもあったし、おかっぱみたいに短いときもあった。しかし、それらのすべての時間は過ぎ去ったのだ、と窓目くんは言う。そしてそのすべての時間をいちどきに思い出すことはできない。三年間の浜ちゃんの様々な場面、言動、そのすべてを窓目くんは思い出せる自信があるが、それにはきっと何十年、いや何百年かかる。思いを寄せた時間が長くなればなるほど、思い出すべき時間も長くなり、こちらの身が持たない。死んでしまう。色恋で身を持ち崩すのは、そういう理屈に帰すると思う。

記憶というのは、だから残酷で優しいシステムだ。膨大な時間と空間に存在していた浜ちゃんを、ひとつの場面に納めて、意識に浮かび上がらせる。虚構と現実というのは、だから対立するものじゃなく、ひとが自分の人生や運命について語ろうとするとき、共同的に働いて、現実よりも現実的な場面をつくり出し、提示してくる。

はじめてサークルの部室の扉を開いた瞬間、ひとりじゃがりこを食べている浜ちゃんに、窓目くんは話しかけ、浜ちゃんはまるでずっと前から知っているひとみたいに、窓目くんに今日学校に来る途中に見た猫の話や、ゆうべつくった餃子がとてもおいしくできたこと、このあいだ彼氏と旅行に行ったけれど旅先でけんかをした話などをする。窓目くんはそれを聞きながら、浜ちゃんの目が捉えた光景や、餃子の味や食感、彼氏との旅先で束の間荒んだ心持ちなどのすべてを、いい、と思う。いつの間にかふたりは卒業間近の部室にいて、ふたりが延びたのか、時間が縮んだのか、やはり茶色いコートに白いマフラー姿で丸椅子に腰かけ、じゃがりこを一本かりかりかじっている浜ちゃんが、あーあ、とため息をついた。楽しい大学生活ももうお終いで、こうして浜ちゃんのため息を聞けるのもあとわずかと思えば窓目くんは悲しいが、その悲しさ以上に浜ちゃんのため息が愛おしい。そのため息に込められた、大学生活への未練や、春から勤める会社でうまくやっていけるかどうかの不安や、うまくやっていけたとしてその三年後、五年後にいったい自分はどうなっているのかという浜ちゃんの不安、それら新生活の不安に引っ張られて長く付き合っているがいつももめ事が絶えない彼氏との関係についての不安もわいてくる、そのすべてが愛おしい。よろこびであれ、哀しみであれ、不安であれ期待であれ、浜ちゃんが存在し、浜ちゃんの感情がこの世界に存在するということが奇跡だと思えた。それにくらべれば、大学生活が終わってしまうとこれまでのように浜ちゃんと学校で会えなくなる自分の悲しさなど小さなことだと窓目くんは思っていたし、この三年間、浜ちゃんにはずっと彼氏がいたけれど、そうでなければ彼氏との関係によろこんだり悩んだりする浜ちゃんの話を聞くことはできなかったのだから、そう思えばやはり自分が浜ちゃんと付き合いたいとか旅行したいとかいう気持ちにも窓目くんは全然ならなかった。浜ちゃんに、自分の近くにいすぎないでほしい。見えにくくなるから。俺は目が悪いから。遠視だから。

窓目くんの所属する専攻ではゼミの所属が必須でなく、なので窓目くんは卒業論文を書く必要がなかったのだが、代わりに大学を卒業するときに浜ちゃんにラブレターを書いた。ラブレターと言うのは適当じゃないかもしれない。窓目くんがそこに書いたのは、窓目くんの思いではなく、窓目くんが見た、思い出しうる限りすべての浜ちゃんの姿、浜ちゃんの発言、浜ちゃんのいる風景だったから。パソコンのワープロソフトで下書きと推敲をして、最終的に手書きで書き起こされたその手紙は、十万字、レポート用紙百枚に及んだ。この三年間の浜ちゃんのすべての言動を思い出せる自信がある、という窓目くんの言葉はあながち大袈裟ではない。そこには浜ちゃん本人ですら忘れていた言動や場面がたくさん書き記されていた。百枚のレポート用紙を納めて分厚く膨れた封筒を、窓目くんはヨーロッパに卒業旅行に出かける直前の浜ちゃんがいる成田空港まで届けた。ありがとう！　と封筒を受けとって浜ちゃんは搭乗口へと進んでいった。ヨーロッパのどこかの国から、読んだよ、どうもありがとう。窓目さんは私より私のことを知ってるね、と浜ちゃんからメールが届いた。

人生における特別な三年間はそうやって区切りを迎えたが、窓目くんと浜ちゃんの物語はそれでおしまいではなかった。ふたりが交際をはじめたのは、卒業から三年が過ぎた年の夏だった。浜ちゃんは広告関係のプロダクションに勤め、窓目くんは大学卒業後に調理師学校を経て和食居酒屋をチェーン展開する会社に就職して傘下の店舗の調理場で働いていた。どうしてそんなことになったのか、多くを語る必要はないように窓目くんは思う。自分も、浜ちゃんも、たぶん世界全体も、あの一時期だけどうかしていたんだと思う。

卒業してからもサークルの同期や先輩後輩とは、ときどき飲んだり遊んだりする関係が続いていて、だから浜ちゃんと会って話すことも年に一、二度はあって、浜ちゃんは相変わらず、いや、ますます魅力的になっていた。窓目くんと浜ちゃんがふたりきりで会うことはなく、大学時代の友人の集まりにおいても、窓目くんは浜ちゃんがいちばんよく見える距離、つまり直接顔を突き合わせて話すより、誰かと楽しそうにおしゃべりしている浜ちゃんを離れたところから見るのがいい、そんな遠視的な隔たりを好んだ。浜ちゃんが彼氏と別れたらしい、という話はなんとなく耳にしていた。浜ちゃんが大学一年の頃から付き合っていたふたつ上の彼氏は、同じ大学のひとではなかったから面識はなかったが、浜ちゃんに対して高圧的だったりときに暴力的な言動をとることさえあるらしく、サークルの友人たちのあいだでは浜ちゃんを心配する声が絶えなかった。窓目くんはそんな声とは少し違う立場で、浜ちゃんがそのひとと付き合いたくて付き合っているならそれがなによりで、そんな難のある彼氏との多難な様子を聞くことも、それが浜ちゃんの生活であるならばそれだけで素晴らしい、と思えてしまうのだった。そんな男とは別れた方がいい、外野に散々そんな忠告をされても、浜ちゃんはその彼氏となんだかんだで付き合い続けた。もちろんカップル間のことは当人たち以外にわからないことも多い、まして相手の男のことをサークルの友人たちは直接知らなかったから、忠告以上の踏み込んだことはできなかった。しかしそんな彼氏とついに別れた、という噂が流れたとき、どこまで本気でどこまで冗談かわからないが、学生時代浜ちゃんへの崇拝とも言うべき好意を隠さなかった窓目くんに、とうとう浜ちゃんをものにするチャンスだ、みたいなことを言ってくる友人もいた。もちろん窓目くんはそんな言葉に取り合わなかった。あの特別な三年間で窓目くんが身につけたのは、浜ちゃんをいちばん魅力的に見るための距離のとり方であり、それは決して彼氏みたいな近視的なポジションではなかった。

それなのに、運命もまた記憶と同じように、残酷で優しいものなのだった。ある夜、突然メールを送ってきた浜ちゃんがふらりと窓目くんのアパートに訪れた。そしてそれから三日ほど浜ちゃんは窓目くんのアパートに滞在した。週末でもなければお盆や連休でもない平日の三日間だ。浜ちゃんは窓目くんの家から出勤し、仕事を終えるとまた窓目くんのアパートに帰ってきた。居酒屋勤務で帰りの遅かった窓目くんは浜ちゃんに部屋の合鍵を渡し、夜遅くに仕事から帰ってくると部屋にはたしかに浜ちゃんがいて、夜食をつくってくれていたりするのだった。三日後に浜ちゃんは自分のアパートに帰っていったが、それからはたびたび窓目くんのアパートにやって来て泊まっていくようになった。

ある日の平日、仕事が休みだった窓目くんは、仕事に出かけていった浜ちゃんが残していった洋服や下着を洗濯し、自分が昨日着た洋服や下着と一緒にベランダで干していたとき、もしかしたら俺は浜ちゃんと付き合っているのかもしれない、と思い至った。すぐに心中にわきあがったのは、まずい、という思いだった。よろこびでも嬉しさでもなく、逆らいようのない流れに呑まれてしまったような気持ち。浜ちゃんがいちばんよく見える位置をうっかり離れ、そのまま戻れないところまでさらわれてしまった。間違えてしまった。

どうにか以前の関係にまで引き返せないものか、と考えたけれど、そんなことは無理だった。あの夜、アパートにふらりとやって来た浜ちゃんを部屋に入れず、追い返せばよかったのか。それとも、部屋に招き入れて一緒に酒を飲み、もうとうに終電もなくなって、酔った様子の浜ちゃんが窓目くんの体にしなだれかかってきたときに、身を引いて逃げればよかったのか。そんなことはできなかった。どのみち逃れられない運命だったのだ。遠くから眺めていたいと思っていた、その相手が近づいてきたときに遠ざかれるわけがないじゃないか。そしてまた相手が遠ざかっていくときに追いかけることもできない。一度近づいてしまったあとでは、むかしみたいに彼女がいちばん魅力的に見える場所をちゃんと見つけることももうできなくなってしまっているのだ。窓目くんは目が悪いのにずっと眼鏡もコンタクトも使わずに生きてきた。ずっと黒板や教科書が見づらかったが、やがて大人になって仕事について働いていると、いつの間にか裸眼のままで近くも遠くもちゃんとよく見えるようになっていた。付き合って半年足らずで、浜ちゃんは窓目くんのもとを去っていった。

勝手気ままに去っていったわけではない。浜ちゃんもまた、遠くからは見やすかった窓目くんのなにかが、近くでは醜く見えたのだろう。窓目くんだってそうだった。近すぎるくらい近くにいる浜ちゃんを信じがたい気持ちで眺めながら、ああもっと離れていたい、よく見えない、という思いを抑えきれないときがあったから。離れて見れば、もっともっといいのに。もちろんじきにそんなことも思わなくなって、ひと月ほど過ぎた頃には、浜ちゃんと一緒にいることが当たり前みたいになっていた。長年憧れ続けた相手と、一緒にご飯を食べ、出かけ、帰ってきて、同じ部屋で寝て起きる、それが当たり前になって、この先もずっと続く。そのことを窓目くんはたしかに望外の幸福としてよろこんだが、はじめて出会ったときからそうなってしまうことを恐れていたような気もする。自分の浜ちゃんへの恋慕とは、その恐れであったのかもしれないとさえ思う。だから、その幸福が半年足らずで窓目くんのもとから失われたとき、絶望しつつどこかで安心している自分もいた。やっぱり浜ちゃんは浜ちゃんだった、と思った。それは、自分が自分だった、という安心でもあった。

語りうることはまだまだたくさんある。浜ちゃんが窓目くんのアパートを訪れた夜からの半年弱の時間に存在したすべての浜ちゃんについてもまた、窓目くんは全部を思い出す自信があるが、やはりそれを思い出すには百年くらいかかるから、生きているうちじゃ時間が足りない。もう十万字の卒業論文も書けない。書いたところで浜ちゃんに渡せはしない、その宛先はもうないのだから。以上が俺たちの旅の出発地点だ。

夕方に札幌市街に着いた。適当に選んだビジネスホテルにチェックインして、シャワーを浴び、長時間の運転で疲れたのでベッドで少し眠った。起きると十九時過ぎだった。部屋に荷物を置き、窓目くんは徒歩で繁華街に出た。近くの居酒屋で刺身などを肴に酒を飲んで、腹が膨れたので少し歓楽街を歩いてみることにした。なるほどここがすすきのか、とビルの壁に並ぶ風俗店の看板の多さを見て思った。

浜ちゃんと別れたあと、窓目くんは風俗店に足繁く通った時期があった。それまでまったく興味のなかったその手の店に、休日や早上がりの晩、外で飲んだあとに足を向けるようになった。ひとりで行くこともあれば、一緒に飲んだ友人や仕事先の知人と同行することもあった。しかしああいう店は入店してしまえばあとは同行者などいてもいなくてもあまり関係ない。窓目くんは風俗店で女性の体を触りながら、しばしば自分の来し方を語った。中学生の頃のこと、高校生の頃のこと、浜ちゃんと出会った大学生時代のこと、そして現在。興味深そうに聞くひともいれば、興味なさそうに聞くひともいた。もっと違う話をしてほしい、と言うひともいれば、黙ってほしい、と言うひともいた。窓目くんの話を聞いて、自分の来歴を語りはじめる女性もいた。そうか、あの時期にも風俗店の女のひとたちを相手に自分は来し方を語っていたのだった。浜ちゃんと別れたあと、あの時期もこの旅の最中と同じように、ひとりでいるということが極まったような状況だったせいだろうか。中学生の頃、生徒手帳にお話を書こうと思ったのも、もしかしたら当時の自分が当時の自分なりに感じていた孤独が、その動機だったのかもしれない。でもその頃はまだ振り返って語るほどの過去がなかったんだ。孤独が俺になにかを語らせようとし、なにかを記そうとさせるのだろうか。

ふらふらと歩いていたら黒服の客引きに声をかけられ、自分が自分でなくなったような窓目くんはそのままビルの狭い入口から階段を上がり、受付で金を払い、椅子の並ぶ待合室に通された。入ってくるときにソープランドと看板にあるのを見た。

どうしてこんなところにいるのか、と窓目くんは思った。本当ならばいま頃はシルヴィと北海道旅行最後の夜を過ごしているはずだった。函館の夜景を眺め、寿司かカニか、なにか豪勢なものを一緒に食べて、ビジネスホテルなんかじゃない、貸し切り露天風呂かなんかのついた温泉リゾートで、素晴らしい時間を過ごしているはずだった。あるいは、現実的じゃないなんて諦めたりせずにこの休暇中ブルガリア行きを決行していれば、いま頃はシルヴィが暮らすブルガリアのどこかの街で、ふたりで素敵な時間を過ごしていたかもしれない。現実的でない、なんて体よく言葉を濁しているだけで、つまり費用対効果が見合わないってことじゃないか。費用対効果なんて、どこをとっても恋慕の熱情と反りの合わない話だ。ブルガリアと東京、ふだんは遠く離れたシルヴィと自分が、たとえほんの短い時間だったとしても、同じ場所で同じ時間を過ごす価値の測れなさ、そしてそのために惜しむべきものなんていまの自分にあったのか？　ない。俺は間違ってばかりだ。でもまだ遅くはない。シルヴィは俺のもとから去ってはいない。遠く離れた地にあっても、俺に思いを向けてくれている。あなたは最高のボーイフレンドだ、私たちは最高のカップルだ。さあ、いまからでも遅くない、ここからすぐ空港に向かい、どこでもいいからブルガリア方面に行く飛行機に飛び乗って、何日かかってもいくらかかってもいいからシルヴィのいる方へ、その方角へ向かって進んでいけば、移動していけば、いつかは彼女に会えるはずなのだ。仕事なんか辞めたっていい。

すいません、やっぱりちょっと帰ります、と誰もいない待合室で声をあげて席を立ち、窓目くんは入ってきた扉から部屋を出て、さっき通った受付で座っていた坊主刈りの男性にもう一度、やっぱりちょっと帰ります、と言うと男性は親切にも先ほど支払った入場料みたいな名目の金額を返してくれた。礼を言うと、またおいでよ、と坊主の男性はにこやかに笑って言った。

それで雑居ビルを出た窓目くんは、そのまま新千歳空港に行ったわけではなかった。ふたたび歓楽街を歩きながら、この旅の収まりをどうつけたものか、どんな店でどんなことをすれば、この旅の最終夜に相応しいのか考えていたが、やがてくるりと踵を返し、どこにも寄らずにホテルに戻った。そしてこの手記を書きはじめた。

　手記のなかに記された自分は、やっぱり歌かお芝居のなかにいるみたいだった。自分がシルヴィに向けている言葉は、書き記してみると誰か別のひとが考えたお芝居のセリフか、自分たちとは関係のない歌謡曲の歌詞みたいだった。お芝居も、歌も、終わりがある。きっとこのシルヴィとの物語も、浜ちゃんとの物語のようにいつかどこかで終わりを迎えることになるんだろう。それで俺はまた絶望しながら安心するのかもしれない。それでも、舞台を降りた役者や歌い手には戻っていく生活があるが、俺は物語が終わったあとも俺のままだ。来月、この特別な二〇一七年の終わりにロンドンへ発つ日まで、数えてみたらあと三十五日あった。

　翌日午前中の飛行機で新千歳空港から窓目くんは東京に戻った。シルヴィのためにとった休暇があと三日残っていたが東京に戻ってアパートに入ったとたんに頭がくらくらしてそのまま寝込んでしまった。熱を測ったら三九度あった。薬を飲みながら三日間アパートで寝ていたが、休み明けの朝に嘘のように熱は引き、北海道のお土産を持って窓目くんは十日ぶりに出社した。

窓目くんの手記5

レイニーブルー

三か月ぶりにヒースロー空港に降り立った窓目くんは、久しぶりだな、と呟いた。声には出さない。内心の呟きである。久しぶりだぜ、だったかもしれなかった。自分の心中で呟かれた言葉も、過ぎればすぐにその語尾は曖昧になった。ましてそれは到着したこの地の言葉つまり英語で到着の感慨を表明する下準備のためのひと声だったかもしれず、となれば日本語の語尾がなんであれあまり関係がないのではあるが、ふだん日本語ではまず口にすることのない、だぜ、という調子が無意識のうちにそこにあった可能性は結構あった。最終的に英語としてひとに伝わるとわかっているからこそ口にできる、口にしてしまう日本語がある。そのことを、この数か月のあいだ窓目くんは何度も実感していた。

久しぶり、という文言をどう英訳すればいいのかすぐには思い浮かばず、スマートフォンの自動翻訳に問えば、Long time no see. と表示された。三か月ぶり二度目のロンドンに到着したいまの自分の感慨を表す英文としては不自然な表現かもしれないが、画面に現れたその英文に窓目くんは得心の感を得た。

この日は二〇一七年十二月二十九日である。こんな年末にロンドンを訪れた理由はほかでもない。三か月前にこの地で出会い、以来時差九時間、飛行機で十二時間、直線で結べば六

○○○マイルの距離を隔てながら日々メッセージのやりとりやビデオ通話でままならない言葉を交わし合い、お互いの思いを確かめ合い、ふたりのあいだにある恋情を育んできたシルヴィ、彼女に会うためだった。シルヴィと会って、一緒にニューイヤーを迎える。それに加えて、年明けの一月一日はシルヴィの誕生日だった。クリスマスこそ一緒に過ごせなかったものの、一緒に新年を迎え、彼女のバースデーを祝うために窓目くんはロンドンにやってきた。三か月は長いか短いか、久しぶりか久しぶりでないか、そんなことをいま自分以外の尺度で考える必要があるだろうか。ない。窓目くんにとっての、窓目くんとシルヴィにとっての三か月が報われようとしているいまここで、その時間はたしかにLong time no see.と表されるべき時間だった。

試しに翻訳アプリに入力した原文の語尾を、だぜ、に変えてみると、It's been a long time.と英文も少し変わった。こちらの方がいまの自分の状況と心情には自然な表現かもしれなかった。ということはやはり、さっき自分は、久しぶりだぜ、と呟いたのだったろうか。

いずれにしろその感慨が声に出して表されることはなかった。いまのところ窓目くんは単身ヒースロー空港に降り立ったばかりで、心中に湧き上がる思いについて言葉を向けることのできる相手は誰もいなかった。強いて言えば、すべての言葉はいまはまだそばにいないシルヴィへ向けられている。この三か月間ずっと。

窓目くんが搭乗した機内は年末で満席、入国審査の列も混み合っていた。荷物引き取り所でレーンに荷が流れてくるのを待つあいだも、三か月前に来たときよりも空港内はずいぶんと賑わいがあった。同じ便に乗っていた客か、年末年始をこちらで過ごす日本人らしい姿もちょこちょこ見かけた。

空港内にいる誰彼の心中もきっとまた、残すところ三日となった年末と、来たるニューイヤーを控えたバカンスのムードに浮かれたり昂ぶったりしていたのではないか。オリーブグリーンのダウンジャケットに黒い化繊のクライミングパンツを穿いてスーツケースを転がす窓目くんは、冬のバカンスを楽しみに来たにしては地味で落ち着いたアジア人に見えたかもしれないが、その心中はちゃんと昂ぶっていた。エレベーターに乗り込んでスマホを取り出し翻訳にかけると、I'm excited. と表示された。そう、こう見えて俺はエキサイトしている、と周囲にいるイギリス人らしきひとたちにも心中で語りかけてみる。また試しに、俺は昂ぶってるぜ、と語尾を書き換えて翻訳にかけると、I'm crazy. と訳が変わった。隣にいた背の高い白人の男性の視界に窓目くんのスマホの画面が入って、一瞬眉を引き上げて目を見開いた。窓目くんはそれには全然気づかなかった。

男性は、同行者もいなさそうなアジア人がいったいどういう理由でいまそんな言葉を翻訳するのか訝しんだのだったろうが、カートに大きなスーツケースをふたつ載せた彼の方もやはり同行者はなく、表情のジェスチャーは誰に向けたものでもなかったし、それを目にしたひとは誰もいなかった。彼は、妙な奴がいるぜ、と思ったに過ぎないのかもしれないが、エレベーターを出てそれぞれ別々の方向へ荷物を引いて別れたあと、しかし自分だってときどき、俺はクレイジーだ、とたいした意味もなく呟きたくなることはあるかもな、と思った。

こんなふうに長いフライトを終えて旅先のエアポートに到着した直後なんかは、そういうときかもしれない。と思いを継げばさっき横にいたアジア人に急に親しみがわいてきた。彼は、もう窓目くんの姿も見えなくなっていたが、さっきの自称クレイジーなアジア人に向かって心中で、よい滞在をブラザー、と呟いた。

エアポートから乗ったピカデリーラインは車体の上部が丸くなっていて、蒲鉾のような形をしている。トンネルの上部も同じ形をしているから、トンネルに入るとトンネルの天井と車体の天井とがすれすれになって、車両がトンネルを抜け出るときに、窓目くんは蒲鉾が抜き型から押し出されるみたいな様子を思い浮かべた。電車はトンネルに入っては抜け、またトンネルに入っては抜けた。外は雨が降っていて、蒲鉾型の車体は、駅に着いてドアが開くと雨が降り込んだ。蒲鉾は mash した fish だ、と窓目くんはロンドンのひとびとに、そしてシルヴィに内心で語りかけて英語で蒲鉾の説明を試みはじめたが、間もなく自分が思い浮かべていた抜き型でつくられるのは蒲鉾ではなくところてんだったと気づいた。ところてんは fish でなく seaweed だ。seaweed を boil して、煮汁を固めるんだろうか。それを woodbox に入れて、other side へ push out すると、細く断裁されてところてんになる。という製法の理解で合っているだろうか。ところてん、とスマホの検索窓に打ち込んでみると、ところてんは漢字で書くと心太だ。これまた難しいが説明が必要か。heart が fat なのか、もう少し抽象的な太さだろうか。thick の方がいいだろうか。あるいは strong とか。俺は学生の頃から長距離走が得意だから心肺機能はstrongな方だ。調べてみると窓目くんが思い浮かべたところてんの製造工程は概ね正しかったが、ところてんとしては冷えて固まった段階でもうところてんであり、あの棒で押し出す作業はあくまで食べ方のアレンジに含まれるのかもしれない。そんなことよりところてんといえばアッパのイディアッパムだ。本当のところ、窓目くんは蒲鉾でもところてんでもなく、トンネルを抜けるピカデリーラインにイディアッパムを想起していたのかもしれない。

イディアッパムは米粉でできたスリランカや南インドで食べられる麺状の料理で、窓目くんはそれをジョナサンのお父さんのアッパに教えてもらった。アッパは名前でなくお父さんという意味である。イディアッパムのアッパはたぶんお父さんという意味とは関係ない。イディアッパムは米粉と水を混ぜてこねた生地でつくられるのだが、アッパは白米の粉と赤米の粉を使って二種類のイディアッパムをつくる。それぞれの米粉を別々に水でこねて生地をつくり、その生地をさじで木製の器具に押し込むように入れる。器具には両側に自転車のハンドルみたいな持ち手がついていて、上下ふたつに分かれる仕組みになっている。持ち手のまんなかの下方に生地を入れる筒状の窪みがあり、くり抜かれた底部分にシャワーみたいな小さな穴が開いた金具が張られている。ふたつに分かれた上部にはこの凹部に嵌まる凸部があって、器具の上下を合わせると筒のなかの生地が底の金具の穴から押し出されて、細い麺状になって出てくる。アッパが長年使い込んだそのイディアッパム押し出し機の表面は大変年季が入っていて、なんだかパイプを思わせる。押し出された生地は竹を編んだ小型のざるのような器の上にくるくるっと丸まる。イディアッパムはイギリスではストリングホッパーとも呼ばれ、なるほど切れたギター弦みたいな形状である。生地を押し出しきるとちょうどざる一枚分程度の量になる。そこだけ見ればところてんというよりモンブランに似ている。シルヴィはモンブランは好きだろうか。というかイギリスにはモンブランはあるのだろうか。シルヴィとモンブランを食べたい。登山なんかもしたい。そもそも日本ではイディアッパムを食べられる店は多くないが、置いている店でも多くは白米粉でつくられる白いそうめんみたいな色のもので、アッパが赤米の粉でつくるのは少し茶色みがかってそばに似ている。たくさん並んだざるそばのミニチュアのようなイディアッパムを竹の器ごと蒸し器に入れて、蒸し上がったらできあがりだ。蒸し上がったイディアッパムは竹の皿をひっくり返してぺたぺたと皿などに重ねられる。これをサンバルやカレーなどと一緒に食べる。スリランカでは食事というよりは軽食のような位置づけだそうだが、どこまで厳密なのかはよくわからない。九月に来た結婚式の朝には、アッパの家で朝食代わりに食べさせてくれたし、ほかのご飯と一緒につくって副菜的に並んでいることもあった。

あらかじめ調べておいた経路で地下鉄からサウスイースタンという路線に乗り換え、バスにも乗った。窓目くんが空港からまっすぐ向かっている先はシルヴィのもとではなく、ジョナサンの実家、アッパとアンマが暮らす家だった。バス停を降りて、九月にも来た家に着いてインターホンを押すと、三か月ぶりに会うアッパとアンマが出てきた。一日早く到着していたけり子とジョナサンの姿も見え、窓目くんは彼らの顔を見ると急に安心して体の力が抜けるようだった。空港に着いてから二時間ほどだが、慣れない外国の土地をひとりで移動して、やっぱり知らず知らず緊張していたんだなと思った。ジョナサンが窓目くんからスーツケースを受けとって奥の部屋に運んでくれた。ありがとう、重たいよ、と窓目くんはジョナサンに言うと、あーシルヴィへのプレゼントがたくさん？　とジョナサンが言った。

そう、アッパとアンマにもあるよ、プレゼント。

ワオ。すごいよろこぶと思う。

そのやりとりを廊下の壁にもたれかかるようにして聞いていたけり子が、同じ体勢のまま窓目くんに、お疲れ、と言った。

もちろん本来ならば窓目くんは空港からシルヴィのもとへと直行したかったけれど、そうできなかった。

十一月にシルヴィが東京に来るはずだった予定が彼女の通う学校の都合でキャンセルになり、窓目くんが年末にロンドンを訪れることになったわけだったが、その後も何度かの予定変更や、変更の変更が繰り返された。紆余曲折があったのだ。当初の予定は、窓目くんの会社が仕事納めになったあと渡英し、年明けの仕事始めまでの一週間ほどをゆっくり過ごす日程だった。メッセージのやりとりでは食事の話題になるとテンションが下がる傾向のあったシルヴィだったが、窓目くんのつくった料理を食べたいと言うので、窓目くんはAirbnbでキッチン付きの宿を探して予約した。

かつては調理場で働いたこともある窓目くんだが、いまは仕事としてではなく、友人たちのために料理をつくることがいちばんの楽しみになっている。目下最大に意欲的なのは、食べることからはじまって自分でもつくるようになったカレーの調理だった。その経緯と参考資料などは以前にも記されているが、窓目くんは興味のあることなら何度でも繰り返して語りたいし書き記したい。

職場環境の劣悪だった調理の仕事を辞めて加工食品の会社に移ったのち、持ち前の熱心さと真摯さ、偏執狂的な研究意欲と食欲を発揮して自社の主力製品である加工調味料の研究をすべく日々ラーメンを食べ歩いていた窓目くんはラーメンの食べ過ぎで急激に太り、ラーメンの代わりにカレーを食べ歩きはじめたところその奥深さに魅了され、持ち前の熱心さと真摯さ、偏執狂的な研究意欲と食欲が今度はあらゆるカレーに向けられることになった。私はカレーが好きだ、簡潔な言葉に窓目くんは万感の思いを込める。そこには、カレーとはなにか、という問いかけも含まれている。そのとき窓目くんの視座には南アジアを中心に置いたどこまで広がるともわからない世界地図があるし、舌の上にはこれまでに食した、そしてこれから食すだろうカレーと呼びうるすべての料理が香っている。もともと日本におけるカレーは、距離的に近いアジア大陸からではなく明治期に西側経由で流入してきた料理で、その普及には軍隊料理や戦後の学校給食が大いに貢献したと言われる。明治、大正、そして戦争を挟んで戦後の経済成長時代、西洋文化との距離感や受容のあり方が時代ごとに異なることも日本のカレーの成り立ちに大いに影響している。ともあれ、現代の日本で生まれ育った者からすると、西洋から南アジアに中心をずらしてみたときにはじめて日本の西洋料理であるいわゆるカレーライスが歴史的にはカレーの亜種のひとつに過ぎなかったことに気づき、同時にカレーという料理の可能性が世界中に広がる、そんなパースペクティブが得られる。誤解のないように書き添えておきたいが、と窓目くんは書き添えている。それはあくまである程度妥当と言いうる歴史の話であり、南アジア中心主義的なカレー観を是とするわけではない。亜種としての欧風カレーを経て日本で進化したカレー、あるいは世界の各地で同様に伝播し派生したカレー、カレーらしき料理、カレーに似た料理の数々は、もはやそれぞれ個別の料理としてそれぞれの歴史を歩んでおり、それはもはや中心に帰すことはないし、帰す必要もない。南アジアを見れば結局そこにも無限の細分化、無限のバリエーションが観察できるばかりで、単線的な歴史や唯一のルーツを探ることは困難である。研究者というわけでなく、あくまで一介のカレー好きとしては、夜空の星のように散らばったスパイスが世界各地で響き合う、そんなイメージにとどまっておくのが穏当なところだ。ルーツがわからなくてもカレーはうまい。

日本で生まれ育ち、ラーメンを食べ過ぎたのちカレーに目覚めた窓目くんには窓目くんのカレーがあり、スリランカ人の両親をもちフランスで生まれたのち、イギリスに移って育ち、いまはブルガリアに留学しているシルヴィにとっても、きっと現在のスリランカのカレーとも、現在のイギリスのカレーとも同じではない、シルヴィのカレーがある。そんなシルヴィに、ロンドンの地で、カレーをつくりたい。そしていつかはふたりのカレーを、ふたりともが大好きだと思えるようなカレーをつくって、一緒に食べたい。そんな想像をすると窓目くんの気持ちは昂ぶる。

ところが、十二月に入るとシルヴィから、私は最低のガールフレンドだ、とメッセージが来た。十一月にも同じ文言のメッセージが来て東京に来る予定がキャンセルになったので窓目くんは不安を覚えながら、どうしたの？　と訊ねると、十一月同様学校の試験だかなにかの日程が変更になったので、年末にロンドンに帰ることができなくなったとのことだった。窓目くんは、またか、と思うけれども、そんなことでいちいちがっかりはしない。予定した予定が予定通りにいくとか、交わした約束が守られるとか、恋慕する相手がこちらになびいてくれるとか、そんなことはすべて奇跡であり、主観的に見れば僥倖、客観的には事故みたいなものだ。予定も約束も願望も他者の意向如何でいつだっておじゃんになる、そんなものらの実現を期待してはいけない。期待するな、と窓目くんはいつも自分で自分に言い聞かせている。期待してはいけない。だからこそ、予定も約束も恋慕もおもしろいし、だめとわかっていながら俺がかけてしまう期待、夢見てしまう実現、その願いを俺は尊いと思う、大事にしたいと思う。ましてときたま実現してしまう願望、叶ってしまう願いというものがあり、その瞬間のよろこびと驚きはひとしおなのだが、結局そんな奇跡は続かない。よろこびは次なるかなしみのはじまりである。だから、つい期待してしまった願望や約束が果たされなかったとわかったとき、窓目くんの心中にはどこか安堵のような感覚さえ生じる。いったい俺はなんのために生きているのか、と窓目くんはときどき思うし、その問いに明るい答えはたぶんないが、だからといって生きるのをやめようとかは思わない。叶えられない期待や願い、前向きな答えのない問い、いつだって生きる時間の傍らにはそれらがあって、それが俺の人生のデフォルトだけれど、だからといって二十四時間絶望に暮れてるわけじゃない。カレーを食べればおいしいし、シルヴィを思えば愛おしい、旅先に着けばエキサイトする。

それでシルヴィ曰く、年末年始はロンドンには戻れなさそうとのこと。窓目くんは、とはいえ日本でいう大晦日や元旦に学校も試験もないだろうと思い、一日でもいいからロンドンの家族のもとに戻って、そのうち短時間でも自分と会えないかと訊いてみたが、それはできないとシルヴィは言った。なぜ、と窓目くんの心中には疑問もわくが、同時に、どんな理由であろうとシルヴィが無理と言っているのだからそれは無理なのであり、理由など問うのは野暮で虚ろなことである。物事が自分の思い通りにならない理由を問うな、と窓目くんは自分で自分に言い聞かせる。

クリスマスにロンドンで従姉妹の結婚式があるからクリスマスにはロンドンに戻ることができると思う。照り焼きはクリスマスにロンドンに来ることはできないの?

それはできない。クリスマスがイギリスのひとにとって特別なことは知っている。でも日本にある窓目くんの会社は普通に仕事がある。むしろ年末で忙しい。そう、こちらに事情があるようにあちらにも事情があるのだ。

今年は二十四日が日曜日だったから、二十二日金曜の夜に飛行機に乗って、二十三日の午前中にロンドンに着き、クリスマスより一日早くはなるがひと晩だけシルヴィと過ごして二十四日中に日本に帰ってくる、ということもできなくはないのかもしれなかったが、この時点でクリスマスはもう来週末に迫っており、これから飛行機をとったり、年末の便を変更したりすることは難しいと思われた。

その後も少しやりとりをしたが、やはりシルヴィはクリスマス後にはブルガリアに戻って、ブルガリアでニューイヤーを迎えるほかないようだった。照り焼きが年末にブルガリアに来ることはできないの？　とシルヴィは十一月にもあったロンドンからブルガリアへの行き先変更を提案してきたが、東京からブルガリアに行くのはロンドンに行くよりも便が少なく、これもいまから変更するのは現実的でないのだった。照り焼きというのはジョナサンが窓目くんにつけた愛称である。窓目も均《ひとし》も英語では発音がしにくいので、シルヴィからあなたの名前はどう発音するの、と訊かれたときに窓目くんは、Madman と同じだ、と返した。Call me Madman. シルヴィはそれはあんまりだ、と笑い泣きした顔の絵文字を送ってきて、結局ジョナサンたちがそう呼ぶ照り焼きの愛称を使っていた。

それならば仕方がない、仕方がないものは仕方がない、そう思って、窓目くんは予約していた宿をキャンセルし、どうしようか少し考えたが、飛行機の予約便のキャンセルはせず、年末のロンドン行きはそのまま決行することにした。ロンドンに行って、ジョナサンの実家に泊めてもらおうと思った。九月にジョナサンとけり子の結婚式のときにお世話になって以来、ジョナサンの父親であるアッパとはときどきWhatsAppというトークアプリでやりとりをしていた。アッパも窓目くんのことを照り焼きと呼ぶ。主に、元気か照り焼き、というアッパの問いかけに、元気だ、と応えたり、窓目くんが東京で食べたりつくったりした料理の写真を送ったり、スパイスや調理法について質問をしたりといった簡単なやりとりで、しかしそこには料理を通じた友情、親愛の情が通っていると窓目くんは思っていた。アッパは今度照り焼きがロンドンに来たら料理を教えてやる、と言ってくれていた。けり子とジョナサンも年末年始はロンドンで過ごすと言っていたことを思い出し、けり子に訊いてみると、自分たちは一日アッパとアンマの家に泊まってから、ロンドンを離れてどこだかに旅行に行って年越しをするとのことだった。でも別に窓目くんはアッパんとこに何日でもいればいいじゃん、とけり子はまるで自分の実家のように言うのだった。ロンドンまで行きながらシルヴィにまた会えないのは残念だが、仕方がない。俺は残念で生きている。期待が外れ、約束が破れ、恋慕が挫けて残った念が俺の人生を繋いできた。

シルヴィにその旨を伝えると、私に会えなくてもあなたはロンドンに来るの？　と言うので、アッパとアンマの家に滞在すること、そこで料理を教えてもらうこと、そしていつかまた遠くない機会にそこで教えてもらった料理をあなたに提供したい、と伝えた。問題ない、私たちの人生は goes on だ。それにアッパにみっちりカレーのレッスンを受ける年末年始も悪くない。むしろそれはそれで素敵だ。

クリスマスイブの夜、自宅アパートの部屋で酒を飲んでいると、シルヴィからメッセージが届いた。話していた通り、従姉妹の結婚式でロンドンに来ていて、いまは結婚した従姉妹夫婦の新居でお祝いのパーティーをしているところだという。いま電話に出られる？　と訊かれたので、大丈夫だと応えるとすぐにコールがあり、出ると肩の開いたドレスを着て、華やかな金色のネックレスをつけたシルヴィが画面に現れた。同時に、画面の隅には酒でむくんだ自分の顔も現れた。ハーイ、と笑顔を見せるシルヴィはこの日もだいぶ酔っているのがひと目でわかった。ぼさぼさの髪を直しつつ、シルヴィ、と応え、ハローハウアーユー、と言うと、シルヴィの周囲から姿は見えないが大勢のひとが、Hello, Teriyaki! と叫ぶのが聞こえた。酔っぱらった同年代の親戚とか友達とかだろう。そこにどんなニュアンスがあるのか、友好的な呼びかけなのか、嘲笑的なものなのか、それはわからないが、シルヴィのアジア人の恋人をからかっているのではあるまいか、と窓目くんは少し心配にもなる。シルヴィの恋人をからかう奴は俺が許さない。その後も口々に、Merry Christmas! とか Happy wedding! とか、ほかにも聞き取れない言葉や笑い声などが聞こえてきた。窓目くんは、盛り上がってるねー、と日本語で呟き、メリークリスマス、シルヴィ、と画面のなかに映るシルヴィに言うと、シルヴィは画面にさらに顔を近づけて、メリークリスマス、と囁くように応えて笑った。シルヴィは周囲が騒々しい場所を離れ、廊下かどこかに移動した。酔った様子ではあったが、窓目くんと落ち着いて話そうとしたようだった。シルヴィは、実は学校の方の日程がどうにか調整できたので、このまま年明けまでロンドンに滞在することになった、と言った。そして、自分の都合であなたのスケジュールを変更させてしまったからこんなことを言うのは本当に申し訳ないけれど、もしまだ可能性があるなら三十一日から年明け三日までの四日間なら私はフリーになれるのであなたと一緒にロンドンで過ごしたいと思っている、シルヴィはそう言うのだった。窓目くんはぼんやりしていた頭が一挙に晴れ渡ったというか冴え渡ったというか、画面隅に映っていた自分の髪型も一瞬で整った。窓目くんにはそう見えた。期待は外れ、約束は破られ、しかしときに思いがけずふたたび結び直されることもあるのだ。もちろんだよ、と窓目くんは応え、ふたりは当初の予定よりも少しだけ日数が短くはなったけれども、ロンドンで一緒にニューイヤーを迎えられることになった。宿をキャンセルしていた窓目くんは急いでもう一度キッチン付きの宿を探した。年末の混む時期だったが、エクスペディアを使って部屋にキッチン設備のあるホテルを押さえることができた。二十九日にロンドンに着き、シルヴィに会う三十一日までの二日間はアッパとアンマの家で過ごし、その後シルヴィとの時間を楽しむことにした。

ロンドンに着いた日の夜は街に出て、ジョナサンの友人たちとレストランでディナーを楽しんだ。ジョナサンの妹のジャスミンとその婚約者のマット、ジョナサンの従姉妹のジェシカも一緒だった。彼らとも結婚式で会った以来だ。ジェシカはシルヴィの親友でもある。きっと窓目くんとシルヴィのこともいろいろ聞き及んでいると思われたが、この日ジェシカがそのことについて話したり、窓目くんになにか訊ねてくることはなかった。レストランはモダンインディアンといった感じの店だった。九月に友人らとロンドンのレストランに行ったときは服装がカジュアル過ぎて入店拒否をされたことがあったから、今回は窓目くんはちゃんと外食用にジャケットやネクタイも持ってきた。シルヴィとも外食の機会があるかもしれないし、そんなときに入店を断られたりはしたくない。その晩同席したひとたちのなかには窓目くんが何者なのかよくわかっていないひともいたようだったが、食事もお酒もおいしく、ネイティブの英語が飛び交って会話についていけず窓目くんが取り残されそうになるとジョナサンがまめに声をかけてくれて、疎外感を感じることもなかった。お開きの時間になるとみんなはハグを交わして別れた。窓目くんもジョナサンとけり子と並び、彼らとハグをした。

翌朝アッパの家で目覚めるとすでにジョナサンとけり子は旅行に出かけていた。この日は一日アッパに料理を教えてもらう。アッパの運転で買い出し。まずはアッパの家から二十分ほど車で走ったところにある魚市場へ。ロンドンの魚市場に並ぶ魚は、日本では見たことのないようなものもあるし、いっけんよく知る魚かと思ってもよく見ると少し日本のとは模様や大きさが違ったり、小型の鮫や上海蟹のような蟹もあったりして、やはり日本の市場とは品揃えの趣きがずいぶん違った。アッパは並ぶ魚をじっくり眺め、ときどき売り手のひとになにか訊ねてあれこれ言葉を交わしていたが、結局魚市場ではなにも買わなかった。魚市場のあとはまた別の場所へ車を走らせ、商店の並ぶ街区のなかのアジア食材店に行った。アジア食材と言っても品揃えはかなり南インドに寄っており、フレッシュのモリンガリーフなど日本ではなかなか手に入らないようなものが売っていて窓目くんは昂ぶった。アッパはここでも店員のひととあれこれ品物を指さしたり手に取ったりしながら言葉を交わしていくつかのスパイスや食材を買った。家に帰ってきて、いよいよカレーのレッスンを受ける。

アッパの家の台所はそんなに広いわけじゃないのだが、コンロが五口もある。日本ではなかなか見ない。アンマがそのうちのひとつのコンロに鍋を置き火を点ける。油を入れ、温まったところへスパイスを入れる。その脇の調理台にはいろんな野菜が並び、アッパが年季の入ったまな板の上で玉ねぎを、茄子を、どんどんカットしていく。前に東京で調理の様子を見せてもらったときもそうだったが、アッパとアンマの料理はほとんど強火を使わない。どの食材も、炒めるにも煮るにも、弱火でじっくりが基本らしい。そして食材を無駄なく使う。よく観察していると、どの食材にどのように包丁を入れるか、その判断に迷いや間違いがない。だから作業もスムーズだし、食材も切れ端のような半端が出ず、すべて切り終えたときに一片一片が均等に揃って仕上がる。ふたりでずっとコンロの前にいるわけでなく、アッパが主に調理をしているときはアンマがリビングの方に行って休んでいたり、必要があればやって来て手伝ったり、アッパもきりのいいところでキッチンを離れたりする。ジョナサンがいればジョナサンも少し調理を手伝ったり窓目くんにアッパの料理や食材のことを説明してくれるが、今日はジョナサンもけり子もいない。リビングの横の日本で言うとお勝手口のようなドアの向こうは芝生の庭で、そこにはリスがよく来る。アッパはココナッツの実をナイフで剝いて庭のリスに放ってやり、なにか言って笑った。そうしているあいだに、次々料理ができあがっていく。窓目くんの手記には教えてもらった料理のレシピのようなメモも記されている。

たとえばアッパのマサラオムレツ。

1、フライパンに油をひいて、スライス玉ねぎと小口切りした青唐辛子を炒める。弱めの中火。
2、チリチリ炒めているあいだに（あまりかき混ぜない。ほとんど放置）卵をボウルに割って、ちょっと塩をして、よくかき混ぜておく。
3、チリチリチリチリ炒めて茶色い部分が出てきたら軽くかき混ぜ、頃合いを見て玉ねぎと青唐辛子をボウルの溶き卵と混ぜる。
4、同じフライパンにもう一度油をひき、あたため、ボウルの卵を流し込む。
5、弱めの中火でチリチリ焼く。縁が固まって裏面が焼き上がったら（表面は半熟状態）、へらで四等分に分けて、それぞれひっくり返して焼く。
6、いい感じに焼けたらできあがり。

アッパのマサラオムレツはシンプルで、マサラというのはふつうミックススパイスのことを指すがアッパのオムレツはマサラと言いつつもスパイスは使わない。青唐辛子と玉ねぎが入っているのが強いて言えばマサラ要素っぽいが、フレッシュの野菜をスパイスと捉えるべきかどうか、これもカレーの歴史とかと同じであまり突き詰めすぎると、スパイスとは？みたいな深遠な問いにぶつかることになる。ともかくアッパのマサラオムレツはシンプルだがめちゃめちゃおいしい。なんでうまいのかわからないがうまい。ゆっくり焼くのがいいのかもしれないが、なんでゆっくり焼くとおいしいのかはわからない。仕上がりが半熟なわけでもないから、どうせしっかり火を入れるなら強火で焼く時間を早めても同じ状態に仕上がるはずなのだが、アッパはそうしない。そこには日本食の火加減と食材の関係とは違うなにかがあるのかもしれない。実際、アッパが料理をしているのを見ていると、そこにはなにか不思議な力が働いているように感じた。アッパがボウルに溶いた卵をフライパンに落とすときも、ボウルのへりには一滴の卵液も残らない。そう特別な調理具を使っているわけでもなさそうなのに、ひとつひとつの動作、食材や調理器具を扱う所作や手つきが美しい。単に素早いとか、技術がすごいとかいうことでもない。不思議だ、と窓目くんはその日教わった料理のレシピや味の感想とともに調理中のアッパの印象を記している。

アッパと一緒につくった料理でランチ。キャッサバカレー、スピナッチのカレー、ダルカレー、バターナッツ、ゴーヤのフライ、ビーツの和え物、茄子のカレー、イエローライス、ソティ。アンマと三人で食べる。感動的においしい。三人ともお腹がいっぱいになり午後はしばらく思い思いに過ごす。アンマはテレビで日本のニュースやクイズ番組を見ていた。春にジョナサンとけり子の神社での結婚式で行った日本をアンマは気に入ったらしく、衛星放送でよく日本の番組を観るようになったという。飽きるとスマホでゲームをはじめた。アッパは自分のタブレットでインド料理のYouTubeを観ていた。出会った頃は表情の変化が読めず、不機嫌だったり怒っているのではないかと心配になったり、変に気を回してしまったりすることもあったが、すっかりこのふたりのマイペースにも慣れた。窓目くんはすることがなく手持ち無沙汰になり、自分の実家にいるみたいだなと思いながら散歩に出た。アッパとアンマの家は住宅街にあり、周囲は少し歩いても住宅の並ぶ似たような景色が続くが、駅の方に出ると商店がちらほらあり、大きめのスーパーがあったので入ってみたりした。郊外の街だからか、観光客のようなひとは全然おらず、街の人出は少なく、あまり日本の年末みたいな感じはなかった。

　夕飯はまたカレーレッスン。夜はお肉のカレー。これも感動的においしかった。風呂に入って寝る。明日は十二月三十一日。いよいよシルヴィと会える日。シルヴィには到着後何度もメッセージを送ったが、なんの返事もなかった。窓目くんはそんなに心配していなかった。期待は叶わず、約束は果たされないのが自然なのだから。と思っているとベッドに入ったところで、シルヴィから、ごめんなさい、とメッセージが来た。

　そうか、やっぱり今回は会えないか、仕方がない。仕方がないのだから仕方がないのだ。そう思いながら続きを読むと、明日から三日まで一緒にいられる予定だったが、一日の夜には帰らなくてはいけなくなった、という内容だった。

　あらかじめ諦めていたからか、残念というよりも会えることがわかったよろこびがこみ上げてきた。大丈夫だよ、と窓目くんは返事を返した。二日間めいっぱい楽しもう。

　翌朝、アンマがつくってくれた朝ごはんを食べて出発。次はいつアッパとアンマに会えるだろうと思いながら窓目くんは精一杯の感謝をふたりに述べた。照り焼きの贈り物を大事に使う、とアッパは言った。窓目くんはアッパには銅製の鍋と落とし蓋、アンマには益子焼のカフェオレボウルをあげたのだった。ふたりと家の前でハグを交わして別れ、スーツケースを転がしてバス停に向かった。アッパとアンマへのプレゼントが減った分スーツケースは少し軽くなったが、それでもまだまだシルヴィへのプレゼントがたくさん入っている。

シルヴィへの誕生日プレゼント選びは難しかった。しょっちゅうメッセージのやりとりをしているのに、いざ彼女が欲しがりそうなものを考えようとすると全然思い浮かばない。ヒントになりそうな会話も思い出せない。それはこちらの英語の不得手ゆえなのか、それとも彼女がそういった情報を窓目くんに伝えていない、あるいは窓目くんが訊き出せていないということなのか。それとも自分が贈り物を考えるのが不得意なのか。結局、へたに的外れなものをあげるよりはと、誕生日になにか欲しいものはあるかい？ と直接訊ねてみることにしたところ、あなたが来てくれるだけでそれが最高のプレゼントだ、とシルヴィは言うのだった。そう言われて、これまでもこちらがなにか与えようとしたり踏み込もうとすると、こんなふうに英語独特の過剰に思える表現でかわされるというか、すっと身を引かれるようなことがあった、と思った。もっとも、向こうは向こうでしばしば、たいていは酒に酔った様子で、こっちが引きたくなるぐらい過激な表現のメッセージを送ってくることもあったから、ただ引かれているばかりではなくお互い様なのかもしれないが、その押し引きの呼吸がつかめない、そんな感覚があったことは否めない、と窓目くんは記している。しかしそのすぐあとで、しかしこれまでシルヴィ以外の女性とも、そんな押し引きの呼吸がつかめたことは一度もない、と続けている。

結局、シルヴィから具体的な希望を聞き出せなかった窓目くんは、なにか日本らしいものをいろいろ買って持っていくことにした。どれかひとつぐらい気に入るだろうとAmazonで物色して揃えたのは扇子、着物の形のワインホルダー、鯛の切り絵が飛び出すメッセージカード、歌舞伎柄のフェイスパックで、あとは酒が好きだから国産ワインの上等そうなやつも持っていこう、一緒に飲めるし、とワインも注文した。数日後、買い集めたものを並べてみるとどうも外国人向けの土産物屋みたいで、ちょっと本命感というか、こちらの本気感を表すものが足りない気がして、もう少しなにか買い足すことにした。指輪とか？　指輪はちょっとトゥーマッチか。じゃあ腕時計とか？　とまたいろいろネットで物色をはじめ、ほらこのダニエル・ウェリントンの腕時計とかどうよ、石原さとみがドラマでしてたやつだってさ、シルヴィ日本のドラマ好きで石原さとみ知ってたしいいじゃん。色違いでペアで買うか。でも俺腕時計しないんだよな邪魔だから。あ、あとこのペンも書きやすそうでいいかも、シルヴィ学生だし、いいペンあったら勉強もはかどるよね。合羽橋にアッパの鍋を買いにいったついでに、外国人に大人気だという食品サンプルも買った。天丼、ラーメン、寿司、それからもちろん照り焼き。しかしいくら数を集めても、というか集まれば集まるほど寄せ集め感が強まり、どうしようかと思っていたところ、シルヴィが韓国のアイドルグループが大好きだと言っていたことを思い出した。窓目くんは韓国のアイドルは全然詳しくないし興味がなかったが、ちょうど韓国に旅行に行く友達にそのアイドルのグッズを買ってきてもらうことにした。雑多な感は増すばかりだが、これだけあればどれかひとつぐらいよろこんでくれるだろうし、自分だったら指輪ひとつとかより、いろんなものをたくさんもらった方が嬉しいし。

右のすべてが窓目くんのスーツケースには入っていた。バスに乗って駅へ行き、電車に乗った。今日で今年が終わる。いろんなことがあった一年だったが、振り返ろうとすればシルヴィのことばかりが思い出される。三か月前の結婚パーティーの夜、たった一日、たった数時間一緒にいただけの彼女が、今年一年のすべての時間を埋め尽くす。そして今日この今年の締めくくりに、俺たちは再会する。

待ち合わせは午後一時、リバプールストリートという駅だった。窓目くんは十一時半に着いた。荷物が重いので駅のそばのホテルに荷物を置きにいき、まだ時間があるので周辺をぶらぶらしていると、シルヴィから、ごめん遅れるとメッセージが来た。二時くらいになるという。まあいい、全然大丈夫だ。また近辺をぶらぶらするが、どこを見てもなにを見ても落ち着かない。本当に彼女は来るのか、という思いと、来るはずがない、という思いが交錯して、だから心中にわく気持ちとしては、ほとんど彼女は来ないという気持ちなのだが、それならそれで早くその結果を知らせてほしい、ここに来て悲劇的な結果をじわじわと先延ばしされるのはいくら窓目くんといえども生殺しにされている感があって耐えがたい。駅前で煙草を吸いながら立っていると午後二時になった。シルヴィは来ない。二時五分。シルヴィは来ない。二時十分、シルヴィは来ない。来ないか、そう思って駅のなかに入り、改札の前に向かうと、改札の向こうにシルヴィの姿が見えた。来た。来てしまった。

窓目くんの手記はそこで途絶えていた。外れた期待、破れた約束、そして挫けた恋慕によって、窓目くんの人生はとうとう消え去ってしまったのだろうか。

いやそういうわけではないんだけど、と窓目くんが言う。

手記とは、自らの経験を書き記すものである。窓目くんもシルヴィと出会い、関係を紡いできたその経験を書き記してきた。書き記すうちに、シルヴィと出会う以前の窓目くんの恋愛遍歴にまでその記述が及んだこともご承知の通りだ。経験を書き記すということはそういうことなのだ。ある出来事について書き記そうとすれば、そこに至るまでの時間が流れ込んでくる。手記のなかの現在はどこまでも仮構的なものである。手記を書く者は、すでに過ぎ去った時間、過ぎ去った経験についてしか書くことができないのだから、つまりその内容はことの顚末とその経緯である。もし実況中継みたいな現在と同時に進行する手記が存在するならば、そこには以前の出来事が流れ込む必要も、そんな余地もない。そしてそうではないからこそ、わざわざ手記を書く意味があるのだと思う。顚末の経緯を記せば記すほどに、ある時間は別の時間と結びつき、別の出来事がことの経緯として本線に連絡する。そうやって件の出来事が豊かに彩られ、厚みを増していく。それが手記という形式の意味ではないだろうか。本件でいえば、シルヴィと窓目くんのロマンスは記すほどロマンティックになっていく。傍からどう見えるかはともかく、手記を記す窓目くんにとっては、手記を記すほどにロマンティックが高まり、窓目くんは昂ぶる。

その手記が、リバプールストリート駅の場面で途絶えた。いったいなにが起こったのか。窓目くんは、なんと言おうか考えている様子でしばらく宙空に視線を泳がせていたが、視線が卓上に置いてある缶ビールに止まると窓目くんはそれをひと口飲み、英語で、私のロマンスはあの瞬間に臨界点を迎えました、と言った。

改札にシルヴィの姿が見えた瞬間、そしてその後窓目くんが彼女と過ごした二日間。あれからもう三年の月日が流れていた。いま、窓目くんのそばにシルヴィはもういない。いま彼女がどこでなにをしているのか窓目くんは知らない。たとえばジョナサンを通じて、彼女の近況を探ることは全然難しくないけれど、それをしようとは思わない。

もうブルガリアの大学院を卒業してロンドンに戻っているかもしれない。イギリスでは新型ウイルスの感染拡大による二度目のロックダウンが先日解除されたばかりだった。窓目くんが暮らす東京でも夏場の感染者増加から一旦落ち着きを見せたあと、冬を迎えるとまた感染者数が増加しはじめている。政策も違えば国民性の違いもあるだろう。ロンドンの街なかの肌感覚、そこに暮らすひとびとの体感がどんなものか、にわかにはわからないし、東京だってひとそれぞれで一様ではない。

移動すること、違う国に行くこと、誰かのそばにいること、そこになんの不安も気遣いもいらなかった三年前を思うと、隔世の感がある。しかし一方で、窓目くんにとってあの二〇一七年から二〇一八年を跨いでシルヴィとロンドンで過ごした二日間は、どういうわけかほかの過去の記憶とは違い、うまく自分のいまから遠ざかっていかない。何度も繰り返し観てあらゆる細部を知り尽くした映画みたいに、思い出されるすべてを知っていて、そして知っている通りに、その二日間の自分たちが繰り返し再生されるのだった。それは過去のことでありながら現在進行形みたいで、自分の記憶でありながら、なんだか思い出す主体としての自由を奪われたみたいに、流れる映像をただ眺めることしかできない。思い浮かぶ異なる時間や出来事をそこに連絡させることができない。

この三年のあいだに手記の続きを書こうと試みたこともあった。けれども、思い浮かぶ言葉は、窓目くんの頭に流れる現在進行形の記憶とくらべて、あまりに貧しく、あまりに遅く、どれだけふたりのことを書いてみても、そこには自分ひとりしかいないのだった。それはあまりに寂しかった。あの二日間の出来事は自分の記憶に違いないけれど、自分の言葉で語るべき記憶ではないんだ、窓目くんはそう思うに至り手記を書き継ぐことを諦めた。

手記を書くことは諦めたが、シルヴィとのことではなにかとお世話になったジョナサンには、手記に書いたことはもちろん、手記が途絶した以降のできるかぎり細かな顚末も報告した。その話を聞くジョナサンの横にはけり子もいて、時折窓目くんの説明のややこしいところを英語でジョナサンに補足説明した。同じ場で、あるいは違う機会に、窓目くんは親しい何人かの友人にも、シルヴィとの出会いから再会まで、そしてロンドンで過ごしたあの二日間の出来事を語って聞かせた。そういうとき窓目くんはたいがい酔っていて、ときに感極まって涙することもあれば、自虐的な笑いを誘うこともあった。そのときそのとき、ことの顚末は哀しくもなれば、可笑しくもなった。誰かに話せば話すほど出来事は変奏の幅を広げ、聞き手によってその顚末の印象は異なる。いわば聞き手の数だけ物語があり、窓目くん自身の手による手記と違って、出来事を彩り、窓目くんのロマンティックを高めるのは、窓目くんの話を受けとった複数の聞き手たちである。

窓目くんは結果的にそれは本望だと思った。ステージの上で声をあげても、客席に誰もいなかったら寂しい。しかしその声に、話に、耳を傾ける者たちがいてくれるなら、あの二日間を彼らと分け合いたい。それぞれの高め方、それぞれのロマンティックで聞いてください、窓目くんはコンサートホールの舞台から客席に向かってそんな短いコメントをしたい。そして哀しい歌謡曲を歌い出したい。そんなふうに思い続けた三年間だった。

リバプールストリート駅。会えたことの喜びよりも、緊張感の方が勝って、窓目くんは自分の体の動きをぎこちなく感じた。ハイ、と声を出し手を挙げては、その声は自分の耳にはうわずって聞こえ、挙げた手にも違和感を覚える。改札を抜けたシルヴィに歩み寄っては、その足取りがたどたどしい。笑顔のシルヴィは、日本人来るの早いね、と言った。

そうだね、日本人だからね、窓目くんはそう返した。シルヴィはスーツケースを引き、肩にも大きなバッグを掛けていた。シルヴィの荷物もホテルに預けることにして、まだ時間が早くてチェックインはできないので、どこかでお昼を食べることにした。窓目くんがあらかじめ調べておいたレストランを提案してみると、そこ知ってるよ、おいしいから行こう、とシルヴィは言った。少し距離があったが歩けないほどではなかったので、街を散歩しながら歩いて向かうことにした。シルヴィは歩きながら、絶え間なくしゃべり続けていた。ビデオ通話とはまた違って街の喧騒のなかで速い英語を聞きとるのはなかなか難しく、しかもシルヴィの話は今朝の自分の話をしていたかと思うと、いつの間にか学校の試験の話になり、かと思うと日本や東京についての質問になったりと話題があちこちに飛んで、窓目くんは必死にヒアリングをしながら適当に相槌を打った。通りかかる街の建物や景色を指さして、ここはなに、ここはどう、と説明もしてくれた。ふと窓目くんの方にシルヴィの手が差し向けられたのでなんだかわからずシルヴィの顔を見ると、はにかんだような表情で、手を繋ごうというモーションをして見せた。窓目くんは、あ、と思い、シルヴィの手を握ったが、緊張していて窓目くんの手は汗でびっしょりで、驚いたシルヴィがびっくりして笑った。窓目くんは情けない気持ちになって、愛想笑いしながら、ズボンで手を拭って、また手を繋いで、目的のレストランに向かい、到着すると店の外に長い行列ができていた。

結局シルヴィが近くに別の店を知っていると言い、そちらに行くことにして、また手を繋いで歩きはじめたが窓目くんの手の汗は止まらず、ときどき手を解いてはズボンで拭い、するとシルヴィも自分の服の裾で手を拭い、それを何度か繰り返したあとでどちらからともなくもう手を繋ぐのはやめた。シルヴィが教えてくれたイタリアンの店は空いていてすぐに入れた。ふたりでビールを頼んで乾杯した。

向かいにシルヴィが座って、笑顔でこちらを見ている、なにかしゃべっている。大晦日に俺はこのひとに会いにロンドンまでやって来て、いま本当に会って、向かい合って座っている。嘘みたいだけれど、もしかしたらいつか今日のいまこの瞬間を、なにかのはじまりみたいに思い出すことがあるのかもしれない、と窓目くんは思った。そのときにはもっと当たり前のようにシルヴィがそばにいて、意思の疎通も、会話も、すっかり滞りなくできるようになって、多くの言葉を交わさなくても、互いの考えていることがわかる。互いのいま食べたいものもわかる、そんなときがいつか来て、今日のこの場面を思い出すことがあるのかもしれない。

メニュー表にはたくさんの料理が載っていたが、英語の長い説明を読んでもよくわからなかったので窓目くんはいちばんよくわからないやつを頼んでみたらピザが来た。生地の上にちぎったミートボールのようなのと青菜のような野菜が散らしてあり、上に少しチーズがかかっているピザだった。シルヴィはグラタンを頼んだが、運ばれてきたグラタンは洗面器のような大きな器に入っていて、とてもひとりで食べきれるような量ではなく、シルヴィも驚いていた。それからふたりで料理を食べたわけだけれど、この店で食べた奇妙なピザの味を窓目くんは全然覚えていない。おいしかったのかもまずかったのかもよくわからず、シルヴィとの会話の内容もうまく思い出せない。ビデオ通話や、メッセンジャーでのやりとりではだいぶ会話ができるような気がしていたけれど、いざ対面で話してみると、シルヴィの言っていることの意味はなかなかとりきれず、自分の方からはうまく英語が出てこなかった。

シルヴィは、私はあまりお腹が減っていないみたい、みたいなことを言ってグラタンをほとんど残した。ピザを食べ終えた窓目くんは、俺よかったら食べようか、と言い、シルヴィの残したグラタンを食べた。このグラタンの味も全然覚えていないが、食べ終わって腹がはちきれそうになったことは覚えていた。この店でふたりで撮り合った写真が残っていて、窓目くんはその店の曖昧な印象とともに写真を見せながら、内装がウッディでびっくりドンキーみたいだった、と言い添えた。

びっくりドンキーを出たふたりは、腹ごなしも兼ねてまた街を歩いた。シルヴィは歩きながらよくセルフィーを撮った。看板やポスターを背景にしてみたり、特にどうという場所でなくとも、興が乗ればその瞬間に立ち止まってスマホを持った手を前方に伸ばして、画面を見ながら表情をつくり、自分を写す。窓目くんを一緒に収めるときもあれば、自分ひとりで写るときもあった。ときどきシルヴィと一緒に画面に映り込む窓目くんは、どんな顔をしていいのかわからず半笑いのような、あるいは妙に気負ったような変な表情になった。シルヴィがクールにすました表情になってみたり、思いきり笑顔になってみたりと様々な表情をきめるのとは大違いで、窓目くんはそんな自分にも、ことあるごとに立ち止まって写真を撮るシルヴィにも少々疲れてきながら、その疲れを愛おしく思った。そしてシルヴィは、自分よりもずっと若い女の子なんだな、と思った。このギャップや疲れ、そこに生じる愛おしさとともに生きていきたい、と思った。

露店が並ぶストリートに出て、シルヴィは帽子を売っている店の前で立ち止まると、私帽子が好き、と言い、並べられた帽子をいくつかとって試しはじめた。どう？　似合う？　と窓目くんに訊いてくる。窓目くんはどれも似合っていてかわいいと思い、イエス、と言った。シルヴィは嬉しそうな顔をして、窓目くんにも試着を勧めた。窓目くんは帽子が似合わない。自分でもそう思うし、近しい友人もみなそう言う。なんでかはわからないが、そうなのだ。帽子だけでなく、髪型も似合わない。どんな髪型にしても、似合うと思えることもないし、そう言われることもない。だから窓目くんは自分は帽子は似合わないんだけどどれなら似合うかな、とシルヴィに選んでほしいと言った。シルヴィは窓目くんの顔を見てしばらく考えてみたあと、ハット型をした帽子を窓目くんに被せ、見るなり爆笑した。ね、俺帽子似合わないんだよ、と窓目くんは言ったが、それでもシルヴィは諦めずほかにもいくつか帽子を選んで窓目くんに被せ、笑いこそしなくなったがやはり途中で首を振って諦めて、また自分の帽子を選びはじめた。シルヴィはどの帽子もよく似合った。シルヴィが違う帽子を被るたびに、いいね、似合うね、という意味でイエス、と繰り返していたら適当に言っているだけと思われたのか、ちゃんと考えて言って、と言われてしまった。どれも心から似合うと思うのだが、どういいかの説明をするのはなかなか難しい。帽子の似合わない自分にはなおさらで、また違う帽子を被ってこちらを向いたシルヴィを前にして、どう言おうか考えてみても言葉が出てこず黙ってしまう。するとシルヴィは、ふんと鼻で息を吐くと、じゃあこれとこれはどっちがいいかな、とふたつの帽子を手にとって窓目くんに訊ねた。窓目くんが答えやすくしてくれたのだ。これは助かる。似合うかどうかの答えはイエスしかないが、これなら意見を表明できる。シルヴィが手にした帽子は一方は黒で一方は茶色だったが、どちらも軍帽みたいなキャスケット型でよく似ているが微妙にデザインも違った。被ってみるとやはりどちらもシルヴィによく似合い、どうして自分はなにを被っても似合わないのにシルヴィはなにを被っても似合うのだろうか、とも思いながら、窓目くんはどちらの方が似合うか真剣に考え、何度かシルヴィに被り直してもらい、今日の服の色と合っていると思った茶色の方がいい、と結論した。それを聞いてシルヴィは満足そうな表情になり、その後も自分で店の鏡を見ながらふたつを被り直し、悩んだ結果黒い方を購入した。こっちにする、と言われて、もちろん黒も似合っていたから、窓目くんも、黒の方がいい、と意見を変えて同意し、黒い方の帽子を買ってあげた。シルヴィは自分で買うと言ったが、窓目くんはプレゼントだと言い張った。

ふたりはまた街を歩きはじめた。シルヴィの服装は、丈の長い白いニットに黒のダウンジャケットを着て、薄いブルーのタイトなジーンズを穿いていた。足元は茶色いショートブーツ。ニットの裾には房飾りがついていて、歩くと太股のあたりで房飾りが揺れる。そして買ったばかりの黒い帽子を被って、シルヴィはひと通りの多い街のなかをざくざく切り裂くように歩き、窓目くんは彼女を追うように歩いた。シルヴィは思うさま立ち止まって自撮りをするので、そうすると窓目くんは追いついて、彼女が撮り終わるまで横で立ち止まる。一緒に、と促されて一緒に顔を並べて写ったりもする。変な顔が画面に写る。ときには、そこに立って、とたくさんグラフィティがある壁の前に立たされて、窓目くんひとりで写真を撮られたりもした。撮り終えると満足そうな顔をして、シルヴィはまたずんずん歩き出す。その様子を見ながら窓目くんは嬉しいと思った。駅で出会ってからしばらくは、待ち焦がれた対面が果たされたにもかかわらず、すぐ目の前にいるシルヴィがうまく捉えられず、会話もスムーズにできず、こんなはずじゃなかったと内心戸惑うような気持ちでいた。でもこうして少し離れて、好き勝手に動き楽しそうにしているシルヴィを見ていると、ブルガリアと東京と離れた場所でたくさんのやりとりを重ねながらつくったふたりの距離を、取り戻しはじめたような気がした。窓目くんの手のひらはようやく汗がひいた気がしたけれど、手を解いてからのシルヴィの方がいきいきとしてずっと魅力的だった。また手を繋ごうとすれば、きっと窓目くんの手はじっとりと汗をかくだろう。大晦日のロンドンの空はずっと曇っていた。

夜はシルヴィが日本料理のレストランを予約してくれていた。ホテルから地下鉄に乗って、駅から少し歩いたところにあった店は構えも内装もモダンだった。シルヴィが予約したことを告げるとエントランスの奥にあるバーに通された。予約した時間になるまでバースペースで飲みながら待つのは、ロンドンではポピュラーなスタイルだという。日本料理のレストランだから、バーにも日本のビールが置いてあった。窓目くんには珍しくもなんともないが、シルヴィが飲んでみたいと言うので頼んで飲んでみた。変わらないような気もするし、少し違う味のような気もした。ふたりで二杯ずつ飲んだところで店員から声がかかって、二階にあるレストランのホールに案内された。中央にコの字型のカウンターがあり、和食料理人の格好をした外国人の料理人の姿が見えた。窓目くんとシルヴィは二人がけのテーブル席に通された。

ふたりで相談をして、天ぷらとスシロール、そして鶏の照り焼きと煮豚を頼んだ。日本酒も頼んでシェアすることにした。四合瓶とお猪口が出てきた。窓目くんは海外で日本料理店に入ったのははじめてだった。シルヴィが日本料理の店を予約してくれていた意図はわからなかったが、本当ならば十一月に日本に来るはずだったけれど予定がキャンセルになったから、そのリベンジということだったのかもしれない。もし日本に来たなら窓目くんはとびきりの日本料理を食べさせてあげるつもりだった。

日本酒を飲みながら、ふたりは今夜このあとどうするかを相談した。テムズ川では新年を迎える花火があるが、ものすごい人出だという。シルヴィが、花火はテレビでも見られると言い、特に現地で花火を見たいわけではなさそうだったので、ホテルでお酒を飲みながらテレビで花火を見ようか、と窓目くんが言うと、シルヴィはそれでよさそうで、今夜はテレビでハリー・ポッターがやるからそれも観たい、と言った。そういうわけで今晩の予定が決まって窓目くんは安心し、そしてホテルの部屋でシルヴィとふたり過ごす時間を待ち遠しく思い、ふわふわと地に足の着かないようだった心持ちが少し落ち着いた。頼んだ料理が運ばれてくる。天ぷらはイカ天が何本か盛られた上に甘いソースがかかっていた。スシロールはアボカドと海老天が一緒に巻かれ、マヨネーズで味付けされている。照り焼きは日本で出てくるのとそう変わりない照り焼きだったが、肉がきれいな長方形に成形されていた。どれも日本のそれとは少し違って独特だが、ちゃんとバランスを考えた調理や味つけがなされていておいしかった。最後に出てきた煮豚はスペアリブのような甘辛いソースを絡めた料理で、これもおいしかったがシルヴィはもうお腹いっぱいで食べられないと言うので窓目くんは全部食べた。また腹がはち切れそうになった。この店でもシルヴィは写真をたくさん撮った。料理の写真、自撮りの写真、窓目くんの写真。窓目くんもスシロールとシルヴィ、天ぷらとシルヴィといった写真を撮った。シルヴィはそのたびに、ポーズと表情をきめてくれた。

地下鉄に乗ってホテルのある駅に戻り、近くの店で酒を買った。窓目くんはビールを三本、シルヴィは五百ミリリットルのウォッカとパイナップルジュース一リットル。少し恥ずかしそうに強い酒を選ぶシルヴィを窓目くんは、かわいいな、と思った。そんなに飲む？ とも思ったが、飲みきれなかったら窓目くんも一緒に飲めばいい。

フロントに預けておいた荷物を受け取りチェックインをした。時刻は九時を少しまわったくらい。今年も残すところあとたった三時間だけれど、シルヴィとふたりで過ごすこの三時間が窓目くんのこの一年を華々しく締めくくることになるだろう。テムズ川に負けず劣らぬ花火がふたりの部屋に打ち上がることだろう。そして俺たちは新たな一年を迎えることだろう。去年までとは違う年になる。窓目くんにとってはシルヴィのいる一年に、そしてシルヴィにとっては窓目くんのいる一年が、間もなく訪れようとしている。

部屋は寝室とリビングのふた部屋に、キッチンもついていて広々していた。いい感じだ、と窓目くんは思った。荷物を置き、リビングのソファに腰かけて、買ってきた酒を備え付けのグラスに注いで乾杯をした。シルヴィがテレビを点けた。ハリー・ポッターがもうはじまっていた。窓目くんはハリー・ポッターの映画は観たことがなかったから、英語だとその世界観や話の流れがわからないところも多少あったものの、まったくわからないほど複雑な話でもないので概ねおもしろく観ていたが、それよりもシルヴィは映画の場面場面、展開のひとつひとつにとんでもなく大袈裟なリアクションをするので、映画よりもそちらに目がいく。日本のドラマやアニメも好きだ、みたいな話はメッセージなどで聞いたことがあったが、ハリー・ポッターもこんなに好きだったとは知らなかった。ハリー・ポッターが吹っ飛んだり、敵が現れたりするたび、シルヴィは劇中の登場人物たちよりも大きな声できゃーと叫び、ハリー・ポッターの仲間が死にかけたりすれば、オゥ……と悲しそうな表情になって落胆した。とくに叫び声は凄まじい声量で、隣室やフロントから苦情が来ないか窓目くんは心配になった。お酒を飲んではいるものの、そんなに酔っているふうには見えなかったし、聞けばこの映画はもう何度か観たことがあるのだという。それならば激しくリアクションをしている場面や物語の展開もすでに知っているのにそんなに盛り上がっているのか、と窓目くんは驚き、これはイギリスのカルチャーなのか、若い女子ゆえのノリなのか、それともシルヴィだけが特別なのか、あるいは自分にわからないだけでハリー・ポッターはそんなにおもしろいのか。シルヴィは英語の不得意な窓目くんにときどき映画の内容を説明してくれるのだが、その英語も窓目くんには難しく、説明の途中でまたハリー・ポッターが吹っ飛ぶとぎゃーと叫ぶので、窓目くんはハリー・ポッターを観るというよりはハリー・ポッターを観るシルヴィを観ていて、シルヴィが叫ぶと大笑いしてしまうのだったが、何度かそれが続くとシルヴィは不服そうな表情になった。彼女はその都度真剣に驚き叫んでいるので、馬鹿にされたように思ったのかもしれない。シルヴィはおもむろに自分のラップトップを開きインターネットに繋ぐと、あなたも自分の好きな映画を観たらいいよ、とNetflixで日本の映画を探しはじめた。ジブリ好きだよね、私も好き、特にこれ、と言うとラップトップで「千と千尋の神隠し」を再生した。テレビのハリー・ポッターもそのまま流れ続けていて、テレビとパソコン画面とで違う映画が同時上映される形になった。シルヴィは千と千尋の方も気になるから、両方とも真剣に観はじめていて、テレビでハリー・ポッターが吹っ飛ぶとぎゃーと叫び、パソコンで千尋の両親が豚になってしまうとオゥ……とショックを受ける。結局シルヴィのリアクションは変わらぬ激しさのまま二倍になっただけで、窓目くんはそんなシルヴィを最高にかわいいと思いながら眺めていた。

ハリー・ポッターの放送は十一時過ぎに終わり、シルヴィはシャワーを浴びに行った。窓目くんはシルヴィがシャワーを浴びているあいだに、スーツケースのなかからシルヴィへのプレゼントを取り出して、風呂上がりに渡せるように準備をはじめた。バスルームはリビングから廊下を隔てたところにあるのだが、シルヴィはバスルームに持ち込んだスマホでなにか音楽を流しながらシャワーを浴びているらしい。はじめは低いベース音が響いているだけだったが、やがて音量が上がったのか曲の構成によるものなのか、シャカシャカしたテンポの速いリズム音やシンセみたいな音がバスルームから部屋中に響き渡り、男性のボーカルがはじまるとシルヴィはそれよりも大きな声で歌いはじめた。たぶんこれはシルヴィが好きな韓国のアイドルグループの曲だろう、と窓目くんは準備しているプレゼントのなかから友達に韓国で買ってきてもらったそのグループのカレンダーやら下敷きやらリストバンドやらを眺めながら思った。音源もシルヴィの歌声も爆音過ぎるからホテルのほかの部屋や、外にまで漏れていると思う。苦情がこないかと窓目くんがまた心配していると、今度はなにか落としたような大きな音がして、それに驚いたシルヴィのぎゃーという悲鳴のような叫び声が聞こえた。うるさいな、と窓目くんは少し笑ってひとりごちたものの、なにか事件でも起こっているかのような騒ぎだった。スーツケースの半分近くを占めていたおみやげ各種を、用意しておいた大きなギフト用の袋に詰めていく。ついでに三箱持ってきたコンドームのうちひと箱をスーツケースから出してポケットにしまった。バスルームの音楽が止まり、シルヴィが戻ってきそうになったところで窓目くんはリビングの灯りを落として待った。

やがてシルヴィがリビングに戻ってきた。ゆるいスウェットに着替えて、下ろしていた髪も後ろに結わえて、リラックスした雰囲気である。部屋が暗いことに一瞬戸惑った様子だったが、ソファで巨大な袋を抱えた窓目くんを見て、ちょっと笑顔になった。ハッピーバースデイ、シルヴィ！　と窓目くんは大きな袋をシルヴィの方へ差し出した。シルヴィがまたきゃー！　と叫んで喜びを示し、窓目くんに抱きつくとキスをした。いちばん喜んだのは韓国のアイドルグループのグッズだった。袋のなかからいくつもグッズを取り出して、そのたびに絶叫し、Oh my gosh! と繰り返しては窓目くんに抱きついてキスをした。

プレゼントも渡し終え、年明けまではあと十五分ほどになった。カウントダウンに間に合うよう、窓目くんもシャワーを浴びることにして、バスルームで素早く体を洗っているとリビングでまたシルヴィがなにか叫んでいるのが聞こえた。

シャワーから上がり、ふたりでまたソファでお酒を飲みながら、カウントダウンが迫るテレビ中継を観た。これは日本のゆく年くる年みたいなやつか、と窓目くんは思ったが、ライトアップされたビッグベンやロンドンブリッジ周辺の空撮は除夜の鐘とか初詣の参拝とかとは全然違って華々しい。ところ変われば年越しも変わるものだが、それよりなにより隣にシルヴィがいることが最高に特別な今日のいまここ、今年の最後、そして来年の最初になろうとしている。自分はいま人生の特別な瞬間にいる、そんな気持ちになった。窓目くんの腕はシルヴィの背中を抱き、シルヴィは窓目くんの肩に頭を寄せている。今日久しぶりに会ってからなんとなくちぐはぐだったシルヴィとの会話ややりとりは、ホテルのこの部屋で一緒に過ごすうちにすっかりスムーズになっている気がした。シルヴィに向ける英語もすらすら出てくる気がする。それはそのはずなんだ、と窓目くんは少し酔いのまわった頭で思う。たった三か月とひとは言うかもしれないが、そのあいだにふたりが交わしたたくさんの言葉とそこに込められたたくさんの意味を思えば、さっきまでの数時間はちょっと調子が狂っていただけなのだ。俺は遠視だから、あまりにシルヴィが近すぎて、再会してしばらくのあいだ、うまく彼女を捉えることができなかったのだと思う。でももう心配ない。俺たちは安泰だ。間もなく新しい年がきて、ふたりは契りを交わすだろう。はじめて会った夜に、林のなかで交わしたキスの続きだ。そして次の年も、その次の年も、ふたりは一緒にいる。ふたりだけじゃないかもしれない。あなたの子どもが欲しい、といつかシルヴィは窓目くんに言ったのだから。

カウントダウンがはじまった。3、2、1、ハッピーニューイヤー！　ロンドンブリッジの上に盛大な花火が上がり、ひとびとが歓声をあげる。窓目くんとシルヴィも、ハッピーニューイヤー！　と言い合い、窓目くんはシルヴィに、ハッピーバースデイ！　とも言い、シルヴィは、ふぉー、とまた大声で叫び、窓目くんに抱きついてキスをした。スマホでツーショットを撮る。そしてテレビ中継でバンドが演奏したり、ダンサーたちが踊ったりしているのを観ながらまたふたりで酒を飲んだ。シルヴィはウォッカをパイナップルジュースで割って飲んでいたが、気づけばウォッカの瓶は空になっていた。窓目くんは飲んでいないから、この三時間ほどのあいだにシルヴィがひとりで五〇〇ミリも飲んだことになる。テンションは最初から高かったが、いまもほとんど変わらず、泥酔しているような様子もない。これまでもパブやパーティーみたいな場で酒を飲んでいるときにビデオ通話をかけてくることがあったが、本当にお酒が好きで、強くもあるのだな、と窓目くんは思った。窓目くんも酒が好きだから、恋人が酒好きで強いというのは、一緒にたくさん飲めるから最高だ。

窓目くんの肩に頭を乗せ、こめかみのあたりを擦るように動かしていたシルヴィが、眠たい、と言った。眠たいの？　じゃあ寝ようか、と窓目くんは言った。それでふたりは寝室に移動した。

そこから先の話も、窓目くんは聞き手たちに向けてありのまま語った。窓目くんとシルヴィのロマンスはこれからいよいよラストシーンへと向かうわけだが、あらかじめ言っておけばそれは哀しいラストシーンである。窓目くんがそれを哀しく語ったわけではない。その哀しみは窓目くんの話を聞いた聞き手たちのもとにある。生きている限り避けがたく直面することになる悲哀を、絶望を、断念や残念を、悲しみながらも笑ってみる、窓目くんはいつものように、そんなふうにシルヴィとの一夜について語った。恥ずかしいことも、情けないことも、間違っていることとも、隠さなかった。それが窓目くん自身による手記ならば、その出来事たちを捨象する権利を持つ者は誰もいなかったが、口承は聞いた者のものにもなる。たぶんそこにこそ窓目くんがシルヴィと再会して以降のことを手記に書くことができなかった理由があるのではないか。誰かが聞いてくれるなら、そしてその出来事を半分託せるのなら、話すことなら、できた。

だから、窓目くんの話を聞いた者たちは、窓目くんに聞いた話を全部そのままこのロマンスのエピソードに採用することはしなかった。聞き手たちはしばしば窓目くんが語った出来事の内容よりも、窓目くんの声のうちにある哀しみの方に耳を奪われてしまったから。

窓目くんとシルヴィは一緒にベッドに入ったが、そわそわしている窓目くんの様子を見たシルヴィは、今日はノーセックスだと言った。そんな馬鹿な、と窓目くんは思った。数々のセクシーなメッセージを、ちょっとこちらが引くぐらいのメッセージを送りつけてきたシルヴィが、はるばるロンドンまでやって来た恋人を相手に、ましてやニューイヤーとバースデイを同時に迎えたこの夜にノーセックスなんてことがあるだろうか。窓目くんの頭に走るそれらの思いがシルヴィに向かって表明されたわけじゃない。ただ驚きと残念さを隠しきれない表情がシルヴィに向けられていたはずだった。横になっていたシルヴィは体を起こしてベッドの上に座り直し、ごめんなさい、と言った。窓目くんは、コンドームはあるから大丈夫だ、と言ってみたがそういう問題ではないようだった。シルヴィは窓目くんに自分の意思と意見を述べた。

窓目くんは泣きたいような気持ちになったが、もちろん無理強いするようなことはできない。クイーンサイズのベッドにふたりで入り、並んで上を向いたらシルヴィが今日はどうもありがとう、と言った。あなたがロンドンに来てくれて私は幸せだった。

窓目くんは、自分もハッピーだった、と返し、それは嘘ではなかったが、我ながらその声の調子には先ほどのショックがはっきりと残っていて、少し弱々しいのがわかった。この三か月間のあいだに、すっかりシルヴィのことをよく理解したつもりになっていたが、実はそれは全然間違っている、的外れな印象に過ぎなかったのではないか、窓目くんの心中にはまたそんな疑念がわいていた。思えば、やりとりは不自由な英語でしかできず、実際に会ったのは今日で二回目だ。ビデオ通話やメッセージのやりとりなどは繰り返してきたが、ではそこになにか確かな関係性や相互理解を保証するようななにかがあるかといえばもちろんそんなものはない。ひととひととのあいだのことなんて、胸のうちで相手をどう思っているかでしかなく、ほんの一瞬で確信は崩れさり、相手のことがわからなくなる。

照り焼き、とシルヴィが囁いた。

なあに、と窓目くんはシルヴィの方に顔を向けた。

この日本の曲知ってる？ 私この曲大好きなの。これ聴いて寝ましょう、そう言ってiPhoneで音楽を流した。さっき風呂場で流していたダンサブルな曲ではなく、エレクトリックピアノの落ち着いたイントロが流れはじめ、やがて日本語の男性ボーカルが歌い出した。聞いたことのある声とメロディだった。すぐには誰のなんという曲かはわからなかったが、曲がサビにさしかかってわかった。これは徳永英明の「レイニーブルー」だ。

レイニーブルー もう終わったはずなのに
レイニーブルー 何故追いかけるの
あなたの幻 消すように
私も今日は そっと雨

サビの手前で一瞬無音の間を挟んで盛り上がりを見せる伴奏は残響の多いいかにも八〇年代といったサウンドで、ボーカルにも強めのリバーブがかかって少しくさく感じるほどにドラマティックだ。実際にこの曲は一九八六年に発表されていて、窓目くんは八二年生まれでこの曲も知ってはいるが、世代的には少しずれている。その頃シルヴィはまだ生まれていない。彼女はどういうわけでこの曲を知り、どこが気に入ったのだろうか。歌詞の意味とかわかっているのだろうか。窓目くんは聞いたことはあっても歌詞の内容までは覚えておらず、いまベッドで流れる歌詞を追っていくと、別れた恋人を忘れられないという内容であることがわかった。去らぬ恋情を抱えた私がずっと冷たい雨に濡れている。歌詞以外にも、徳永英明の歌声はなるほどあらためて聴くと楽器のような奥行きと有機的な感じがあるなと思ったり、シンセばっかり鳴っているように聞こえる伴奏に何気にアクセントのようなエレキギターが入ってるんだなとか曲の細部にも意識が向いた。それというのもシルヴィの iPhone からはやはりとんでもない爆音でこの曲が流れているのだった。

　さっき風呂場で流していた曲の音量といい、iPhoneってこんなにでかい音が出るのかと思うほどの音量なのだった。シルヴィはスマホのスピーカーを改造でもしているのだろうか。そしてこんな爆音のなか眠れるのだろうかと思ったが、シルヴィはかすかに歌を口ずさみながら目を閉じてもう眠りかけていた。窓目くんはとても眠れそうになかったので曲が終わるのを待っていたが、終わったと思ったらまた同じイントロが流れはじめて、リピート再生が設定されているのだった。つまりずっとこの爆音「レイニーブルー」が流れ続けることになる。窓目くんはじっと耐えるべく目を閉じた。するとコンサート会場にでもいるかのような臨場感に襲われ、すぐ隣にいるはずのシルヴィの存在が一瞬遠ざかって、会場に響く歌と音のなか、窓目くんは浜ちゃんのことを思い出した。そのずっと前、高校生のときに付き合っていた恋人のことも思い出した。いまの恋人の横で、むかしの恋人を思い出している、けれども思い出されているのはむしろ、彼女たちと一緒にいる自分のことだった。いつもこんなふうに哀しくて情けなくて、でもそのセンチメンタルに傾きすぎることもできない。涙のひとつもこぼれたり、あるいは素直にネガティブな感情を発露させられるならば、いっそいいのかもしれない。でもいつだってこんなとき自分は、こんなふうだった。謎の歌謡曲が爆音で流れているみたいな奇妙な状況のなかで、哀しみや情けなさを、いたたまれなさや至らなさを、行き場をなくした欲情を持て余してきた。

あの頃のやさしさに　つつまれてた想い出が
流れてく　この街に
It's a rainy blue　It's a rainy blue
ゆれる心　ぬらす涙
It's a rainy blue,
loneliness……

三回目の「レイニーブルー」がはじまったとき、隣のシルヴィを見ると寝ているようだった。寝たの？　と窓目くんは声をかけてみたが、シルヴィはなにも反応せず完全に眠りに落ちていた。窓目くんはシルヴィのiPhoneをとり、三度目の「レイニーブルー」が終わるのを待って音楽を止めた。ゆれる心、ぬらす涙。静かになった部屋で、隣で眠るシルヴィの寝息と、耳に残った「レイニーブルー」を反芻していた。

翌朝、八時過ぎに窓目くんは目覚めた。隣にはシルヴィがまだ眠っていた。今日はシルヴィと過ごせる最後の日だ。この日は、ホテルのキッチンを使ってシルヴィにカレーを作ってあげる約束をしていた。

昨夜それを伝えると、シルヴィはよろこび、自分にも作り方を教えてほしいと言っていた。しかしシルヴィは二日酔いで起き上がれないらしかった。窓目くんは、寝てて大丈夫だよと伝え、水を枕元に置き、材料を買いにスーパーへ出かけた。材料を買いそろえ、ホテルに戻るとまだシルヴィは寝ていて一応、カレーつくりはじめるけど見る？　と訊いてみたがやはり起き上がるのは無理そうだった。本当なら一緒にスーパーに買い物に出かけ、一緒にキッチンで料理をするつもりだったけれど仕方がない。窓目くんはひとりで調理をはじめた。慣れない調理場と調理器具でつくるのは大変だったが、なんとか予定していたメニューをつくりあげた。アッパに教えてもらったチキンカレーとオクラのカレー、そしてシルヴィが好きだというエビのカレーをつくった。バスマティライスを鍋で炊き、イディアッパムもつくった。照り焼きが恋人にカレーをつくって食べさせると知ったアッパとアンマが、イディアッパムを押し出す器具を貸してくれたのだった。何十年も使われた年季の入った大切な品物だ。これた米粉を木製の器具の筒のなかに詰めていたら、不意に鼻がつんとして目頭が熱くなり、涙がこぼれた。ゆうべベッドでこぼしそこねた涙がいま頃出てきたのだろうか。It's a rainy blue, loneliness、と思えば、ゆうべは隣にシルヴィがいたとはいえ、心はひとりきりになったみたいで孤独だったから涙も出なかったけれど、いまカレーをつくりながら、イディアッパムの生地をこねながら、アッパとアンマのことを思い出し、そばに彼らがついていてくれるみたいな気持ちになったのかもしれなかった。器具の上部と下部を合わせて、筒のなかの生地を押し出すと、にゅるにゅるとざるの上に出てきた。涙はなかなか止まらず、イディアッパムの上にぽたぽたと雨粒のように涙が降りかかる。

ちょうど十二時を過ぎた頃に料理ができあがり、シルヴィを起こしにいくと、ようやく体調がよくなったようで、起きてきてリビングに並んだ料理を見ると、また絶叫して感激を表した。

ふたりでカレーを食べて、シルヴィもおいしいとよろこんでくれた。シルヴィはお母さんのつくるカレーが大好きとのことだったので、お母さんのほうがきっとおいしいカレーをつくると思うけどどうかな、と窓目くんが訊くと、あなたのカレーも本当においしい、とシルヴィは言って窓目くんに抱きつきキスをした。二日酔いのアルコールのにおいとカレーのにおいに混ざって、シルヴィのにおいがした。

食後にコーヒーを入れて、さっき買い物ついでに買ってきたケーキを食べながら、今日はこれからどうしようか、体調は大丈夫、なんて話をしていると、シルヴィに電話がかかってきた。シルヴィの受け答えから察するに、お母さんらしい。さっきから何度もかかってきていたようでシルヴィは面倒くさそうな様子で少し話をしていたが、だんだんと言い争いみたいな雰囲気になった。電話を切るとシルヴィは浮かない表情のまま、ごめんなさい、私はもう帰らなくてはいけない、と言った。お母さんから帰ってくるように強く言われたらしい。シルヴィは窓目くんの存在をお母さんに詳しく伝えておらず、だから昨夜の外泊を怪しまれているのかもしれない。悪いことをしているわけじゃないからお母さんに伝えたらいいのにと窓目くんは言ったが、それはできない、とシルヴィはきっぱりと言った。なぜできないのか窓目くんにはわからない。窓目くんはシルヴィのお母さんに会ったり、実家に行ったりもしたいと思っていた。窓目くんはひとの実家に行くのが好きだ。ジョナサンの実家であるアッパとアンマの家もすごく居心地がよかったし、自分の実家よりもずっと楽しい。だからシルヴィによって、彼女の実家や家族と距離を置かれるのは悲しいことだった。

いくら悲しんでもシルヴィは帰らなくてはならない。大きな荷物をまとめて、ホテルを出る。窓目くんのスーツケースはシルヴィへのおみやげがなくなって軽くなり、代わりにシルヴィのスーツケースが重くなった。

窓目くんはシルヴィのスーツケースを転がしながら一緒にホテルを出た。昨日も歩いた駅までの道を歩きながら、シルヴィは昨日とは違って無口だった。二日酔いでまだ体調が万全ではないのだろう。咳もしているので、大丈夫？　と声をかけると、大丈夫、と応えた。今日も空は曇っていた。あっという間に駅についてしまい、改札の前でスーツケースを手渡した。ありがとう、と言って去っていくシルヴィを呼び止め、引き寄せ、キスをした。はじめて窓目くんの方からしかけたキスだった。すぐに後悔の念がわいてきた。そこにはシルヴィの気持ちはなかったような気がした。慣れないことをするからだ。気持ちなんてそもそもそんなもの存在しないことはわかっているが、そこにあったように感じられていたなにものかがなくなったと感じてしまった。シルヴィは改札を抜け、振り向くことなく遠ざかっていった。

窓目くんはホテルの部屋に戻ってしばらくソファに寝転んでぼーっとしていた。シルヴィに、一緒に過ごせて楽しかった、次はぜひ日本に来てほしい、とメッセージを送った。帰国まであと三日あるが、この先の予定を立てたり、今日も外に出る気分にはならなかった。シルヴィ帰っちゃった、とジョナサンとけり子にメールをすると、寂しいね、という慰めとともに、旅先のレストランでふたりがグラスを合わせて笑っている写真が送られてきた。窓目くんは寝室に移動してベッドに横になった。ベッドにはシルヴィの匂いが残っていた。夕方くらいに目が覚めた。シルヴィからの返信はない。腹が減ったので昼の残りのカレーを食べて、片付けをして、また少しソファでぼーっとした。頭がうまく働かない。体も重い。

三日後、窓目くんは帰国した。シルヴィからはその後、プレゼント嬉しかった、とメッセージの返信があった。結局シルヴィが帰ったあとの三日は、余った食材で料理をして、あとは近くの商店で酒を買い、適当に料理をテイクアウトしたりして、ホテルの部屋からほとんど出ずに過ごした。

帰国翌日が会社の仕事はじめだったが、体調が悪く熱が出てきたので休みの連絡を入れて病院に行くと、インフルエンザだった。シルヴィも別れ際に咳き込んでいたから、シルヴィに、インフルエンザにかかっちゃったけどシルヴィは大丈夫？　とメッセージを入れた。

三日ほど寝込んで、やっと体調が回復した頃に、シルヴィから返信があった。

ごめんなさい、きっと私の風邪をあなたにうつしてしまった。そして返事が遅くなってしまって、ごめんなさい。試験がやっと終わったの。それまでは家族と過ごしていた。私のおばあさんが急になくなったの。

窓目くんはそのメッセージにどう返そうかと考え、シルヴィに向ける言葉がわからず返信しそびれているうちにどんどん送りづらくなってしまった。そして結局それきり窓目くんはシルヴィにメッセージを送るのをやめてしまった。シルヴィからメッセージが送られてくることもなかった。窓目くんとシルヴィの関係はそんなふうに終わった。理由も、きっかけもよくわからない。どっちが終わらせたのかもよくわからない。窓目くんは自分が終わらせたようにも、シルヴィが終わらせたようにも思える。

あの最後の日、お母さんからの電話でシルヴィが言い争っているように見えたのは、もしかしたらお母さんと口げんかをしていたのではなく、急になくなったというおばあさんのことを話しているがゆえにシリアスな口調になっていたのかもしれない。おばあさんがいつなくなったのか詳しくはわからないが、帰り支度をしている頃から口数が少なくなったのも、おばあさんのことを案じたり、ショックを受けていたからなのかもしれない。

あの日のシルヴィのことも、やっぱり窓目くんは全然わかっていないどころか、大きな勘違いをしていたのかもしれないし、そうではなくシルヴィはもう窓目くんと一緒にいたくなかったのかもしれない。全然わからない。たくさんのプレゼントを受けとったとき、一緒にご飯を食べているとき、一緒に映画を観ているとき、楽しそうに見えたシルヴィは本当はどんな気持ちだったのか。そもそもメッセージやビデオ通話でやりとりをしている三か月間、はじめて会った日に木立のなかでキスをしたとき、シルヴィはどんな気持ちだったのか。その気持ちはどんなふうに変わったのか変わらなかったのか。シルヴィが年の離れて母語も違う外国人の女の子だから、それが自分にはわからなかったのではないと窓目くんは思う。浜ちゃんだって、高校時代の彼女だって、同じようにわからなかった。いや、わからないのではなく、わかったと思っていたことがいつだって違っていた。それは結局他人だから当たり前なのだけれど、その当たり前に気づいていなかった。気づいたときがおしまいのとき。気づかぬうちが華なのだ。結局他人だからこそ、わかるとか、わかりあうとかなんてできないって気づいたときがむしろはじまりなのでは、と窓目くんのまわりのひとは言うのだが、そしてそれは真理なのだろうが、気づいたときにおしまいになってばかりの窓目くんは、自分の場合その真理は当てはまらない、と思う。気づかぬうちの華が咲きすぎて、どんな言葉も、どんな表情も、わかるとかわからないとか合っているとか違うとか判断する余地などないくらい胸が、体じゅうが、あなたでいっぱいになる、いっぱいになった、と窓目くんはもう自分のそばにはいないひとたちに言いたい。それが恋人であれ、友人であれ、親やきょうだいであれ、あなたのことをちゃんとわかっていないかもしれないが、あなたが私のなかでいっぱいだった、と思うし、伝わるのならそう伝えたい。

二〇二〇年の年末、窓目くんはジョナサンとけり子の家に行って、三人でささやかな忘年会をした。例年であればもっと大勢の友人で集まるが、新型コロナウイルスの感染拡大を受け、大人数での宴会や年末年始の帰省の自粛が叫ばれていた。東京ではその後年明けに二度目の緊急事態宣言が出された。ジョナサンとけり子も今年は一度もロンドンに行かなかった。

窓目くんとジョナサンがふたりでキッチンに立ち、料理をつくった。カトレット、ポルサンボル、カードチリ、マサラオムレツ、鯛のカレー、チキンカレー、バスマティライス、そしてイディアッパム。できあがった料理を並べたはしからつまみつつ酒を飲み、次の料理にとりかかる。部屋にはスピーカーにWi-Fi接続したけり子のスマホでランダム再生される陽気な曲が流れている。ダンサブルなリズムでハイトーンの男性ボーカルの曲がはじまった。やがてビートを刻みはじめると、そのすべてに手拍子が乗っていて、聴いているだけで体が踊り出す感じがする。ＢＴＳの「Dynamite」だ。あの頃窓目くんは名前すらよく知らなかったが、シルヴィの好きだったこの韓国のアイドルグループは、今年この曲を世界的にヒットさせた。シルヴィがいまでもこのグループを好きなのかは知らない。三年も経てば、好きなものが変わることもあるし、もっと好きになることもある。いろんなメディアでよく耳にするようになったこの曲で窓目くんはようやくこのグループを認識し、もちろん三年前にこの曲はまだ歌われていなかったわけだけれど、耳にするたびにあの夜にバスルームから流れてきた曲を聴いている気持ちになる。シルヴィの歌声が重なる。全編英語の歌詞を聴いていると、つまりは今夜楽しく踊りまくろう、みたいなことが繰り返されているのだが、それがあの頃のシルヴィのシンプルな気持ちだったような気がしてくる。即ち、人生はダイナマイト。ファンクとソウルでこの街が輝く。ダイナマイトみたいに明るく照らし出すよ、ワオ。

もちろんそれもきっと間違っているのだけれど。

照り焼き、とジョナサンが窓目くんを呼ぶ。あの曲かけて。

窓目くんは笑って、けり子のスマホで徳永英明「レイニーブルー」を選んで流す。シルヴィとの顛末を窓目くんから聞いて以来、ジョナサンもこの曲が好きになって、こうして一緒にいるとよく流すようになった。

参考文献

『スリランカを知るための58章』杉本良男・高桑史子・鈴木晋介編著（明石書店）
『スリランカ現代誌――揺れる紛争、融和する暮らしと文化』澁谷利雄（彩流社）

初出

すぐに港へ　「文學界」二〇一八年一月号

絶対大丈夫　「文學界」二〇一九年八月号

黒米と大麻　「文學界」二〇一九年十一月号

スリランカロンドン　「文學界」二〇二〇年三月号

火の通り方　「文學界」二〇二〇年六月号

窓目くんの手記1　アッパとアンマのピリピリ・クッキング　「文學界」二〇二〇年九月号

窓目くんの手記2　ラーメンカレー　「文學界」二〇二一年二月号

窓目くんの手記3　キスしてほしい　「文學界」二〇二一年八月号

窓目くんの手記4　窓目くんの手記　「文學界」二〇二二年一月号

窓目くんの手記5　レイニーブルー　「文學界」二〇二二年五月号

滝口悠生（たきぐち・ゆうしょう）

1982年、東京都生まれ。2011年、「楽器」で第43回新潮新人賞を受賞しデビュー。15年、『愛と人生』で第37回野間文芸新人賞を受賞。16年、「死んでいない者」で第154回芥川賞を受賞。18年にはアイオワ大学の国際創作プログラム（IWP）に参加し、滞在中の日記等は『やがて忘れる過程の途中（アイオワ日記）』としてまとめられた。22年、『水平線』で第39回織田作之助賞受賞。他の著書に『寝相』『ジミ・ヘンドリクス・エクスペリエンス』『茄子の輝き』『高架線』『長い一日』、植本一子との共著に『往復書簡　ひとりになること　花をおくるよ』など。

ラーメンカレー

二〇二三年二月十日　第一刷発行

著者　滝《たき》口《ぐち》悠《ゆう》生《しょう》

発行者　花田朋子

発行所　株式会社　文藝春秋

〒一〇二-八〇〇八

東京都千代田区紀尾井町三-二三

☎〇三-三二六五-一二一一

印刷所　大日本印刷

製本所　加藤製本

ISBN978-4-16-391656-9